JN305819

二見文庫

通勤電車　下着のライン

深草潤

目次

通勤電車　下着のライン

第一章　尻肉の感触

1

「こういうシャレた朝メシってのもいいじゃないか」

月曜の朝、駅改札の向かいにあるベーカリーに入った正彰《まさあき》は、イートインの席に腰を下ろして独《ひと》りごちた。トレーにはコーヒーとサンドウィッチ、パック詰めの野菜サラダが載っている。

漬け物や納豆の朝食に比べれば洒落ているかもしれないが、何も好き好《この》んでそうしているわけではない。昨日、しばらく別居したいと言って妻が出て行ってしまったのだ。

「晩の残り物を出されるより、よっぽどマシだな」

妻への皮肉も強がりに過ぎず、やはり精神的なショックは大きかった。今朝はろくに眠れないまま床を離れ、会社へ行く途中で朝食をとるために早めに家を出たのだった。

小城《おぎ》正彰は中堅の文具メーカーに勤める五十二歳、肩書は総務部次長だが、人事部門の実質的責任者を任されている。住まいは東武《とうぶ》T線沿線で、K駅から会社のある終点I駅まで通勤している。

長男が昨年の秋に結婚して、横浜《よこはま》に新居を借りて移り、次男も今春大学を出ると、就職した会社の寮に入った。

久しぶりに妻と二人だけの生活が始まって、最初はどこか落ち着かない気分だったが、ようやく慣れてペースが摑めてきた、そんな矢先の別居宣言だった。

『これまでずっと、家のことや子育てに追われる毎日だったので、これからは自分のために、もっと自由に生きてみたい』

妻は元々多趣味というか習い事が好きで、独身の頃から茶道や生け花、陶芸、社交ダンス、スイミングスクールなど、いつも何かしらの教室に通っていたのだが、長男を妊娠してからずっと途絶えていた。

正彰が家事も育児も任せっきりで、さらには近くに住む両親の世話まで頼んだりもするから、二十数年間、何もできない不満が鬱積していたのかもしれない。いまにして思えば、ときどき不満を口にされても真剣に取り合わないところは確かにあった。

「だからってなにも別居までしなくても、好きなことはできるだろうに……」

コーヒーを啜り、ハムとたまごのサンドウィッチを頬張りながら、割りきれない思いが澱《よど》んでいく。〝自分の好きなことがしたい〟と〝別居する〟が、どうしても結びつかないのだ。

——やはり、誰か男と一緒なのか……。

昨夜と同じ疑念が頭を擡《もた》げ、まさかそんなことはないだろうと、同じように振り払う。

だが、妻が別居を切り出す気配すら微塵《みじん》も感じなかったくらいだから、否定できるような根拠は何もなかった。

重い気分で食べるサンドウィッチは、味もろくにわからない。ただ口に入れて機械的に咀嚼《そしゃく》を繰り返している。

この野菜サラダも何だか味がしないなと思ったら、うっかり忘れて封を切らないままのドレッシングが目に入った。苦笑混《ま》じりで半分になったサラダにかけて食べると、今度は多過ぎてドレッシングの味しかしない。

いつもと違う洋風の朝食は、愉しむ余裕もないまま終わった。

出社時間からするとまだ早いのだが、すぐに手持ち無沙汰になってしまって店を出た。通勤通学の人の流れに加わると、沈みがちな気分も何とか会社モードに切り替えられそうだった。

ホームに下りる階段の途中で急行が入ってきた。

――あれは……。

並んだ列のいちばん後ろの女性に目が留まった。派遣会社から経理に来てもらっている森宮明日香《もりみやあすか》だった。

二十八歳の彼女は、丁寧でミスのない仕事ぶりで評価が高い。安心して任せられるという経理からの要望で、更新の際も派遣会社に彼女を指名した。今年で四年目になる。

性格は真面目で、他人に隙を見せることがないので、男性社員からすると気安く声をかけにくいタイプのようだ。黒縁眼鏡をかけていて、一見すると印象も地味なのだが、よく見ると顔立ちは整っている。

──急行に乗り換えるんだな。

ひとつ手前の駅から乗ることは知っていたが、始業十五分前には着けるこの時刻に乗車しているのは、いかにも真面目な彼女らしい。

正彰はホームに下りて、明日香に声をかけようと近づいていく。だが、その前に電車のドアが開いて、人の列が動きはじめた。彼女の後ろにポロシャツの中年男が並んでしまったので、その後ろについてドアに向かう。

乗車したところで男の前に出ようとすると、今度は若いサラリーマンが邪魔になった。混み合う中でうろうろするのも躊躇《ためら》われ、そうこうしているうちにドアが閉まって電車はゆっくり動きだした。

──ひと駅待つか……。

次に停車したときに近づけるだろうし、それでも無理なら終点で降りてから声をかければいい。

正彰は目の前で壁になっている二人の肩越しに、森宮明日香を見つめた。正彰と二人の男はほぼ同じような背丈だが、彼女は頭半分低かった。ストレートのミディアムヘアを後ろで束ねて、眼鏡をかけた耳の裏側からうなじまで露わになっているのを、やや見下ろす感じで眺める。シャツが襟なしなので、首周りはすっきりしている。

――それにしても綺麗な耳をしてるんだな。

会社では何気なく目にしているが、こんな近くでじっくり見るのは初めてで、意外な発見をした気分だった。

ファンデーションを塗っていない耳は、淡いピンクが半ば透けるように艶々して、見惚れるほど清らかなのだ。耳朶《みみたぶ》はぷにっと柔らかそうで、摘まんだ感触を指先で想像してしまう。うなじの細い後れ毛も、正彰に触れてほしいと訴えているような、妙な気持ちにそそられる。

正彰は他人にどう見られているかが気になる性質《たち》で、その裏返しとして、いったん気になった人の行動や仕種は実によく見ている。その意味で彼女は、会社でも特別な存在になりそうだった。見入っているうちに、股間がむずっと疼《うず》いてきたのだ。

仕事が忙しくてこのところずっと疲れ気味だし、妻と二年あまりセックスレスが続いていたこともあって、下腹の甘ったるい感覚はやけに新鮮だった。

――彼女、男はいるのか？

職場でそんなことは考えもしなかったが、男の愛撫にあえぐ彼女を何となく想像してみる。

眼鏡の奥でうっとり目を閉じたり、くちびるを微かに開いて吐息を洩らしたり、そんな表情を思い浮かべながら後ろ姿を眺めていると、やや俯き加減になった頬と顎《あご》のラインが、何やら官能の高まりをこらえているようにも見えてくる。

下腹がいっそう妖しくざわめきだした。なおも勝手な想像を愉しみながら、バッグを握った両手で股間をさすると、肉棒がにわかに力を帯びてくる。

その時、ふと彼女の様子がおかしいことに気がついた。見えている肩やうなじのあたりがどうも落ち着かない、そわそわした感じで揺らいでいる。

妙な気配に、男の嗅覚が騒いだ。

——痴漢されてるんじゃないか？

疑いの目で、明日香の背後に貼りつくように立っている二人を見比べる。

左側のスーツにショルダーバッグのサラリーマンは三十歳くらいだろうか。短い髪をきちんと整え、後ろ姿にも清潔感が漂っている。

一方、ポロシャツに綿パンの男は五十がらみで、肌がやや浅黒い。会社勤めというより、何か商売でもやっていそうな雰囲気だ。

——怪しいのはこっちの男か……。

崩れた感じというわけではないが、早朝の通勤電車内に手ぶらでラフな服装は違和感がなくもない。

だが、いずれにしても痴漢の確証はない。彼ら二人の間には隙間がなく、手元を覗き込めないのだ。

はっきりしない状況で、正彰もそわそわ落ち着かなくなってきた。いわば身内である派遣ＯＬが危機に瀕しているかもしれないのに、こんな近くにいながらどうすることもできない。

明日香の前の年配の会社員は背中を向けているし、他の乗客も誰一人彼女の異変に気づいていない。それは二人の男と正彰自身が、周囲の目から明日香を隠す形になっているからだった。

――もし触られてるなら、〝この人、痴漢です！〟って言えばいいのに……。

自分一人で取り押さえ、駅員に突き出すほどの気概はないが、彼女が声を上げれば周囲の乗客だって黙っていないはずだ、と思う。

そわそわしていた明日香が、チラッと背後を気にして、さらに俯いてしまった。やはり痴漢されていると見て間違いなさそうだ。

――どっちだ……どっちが触ってる？

疑いはポロシャツの方に傾いているものの、決定打がなかった。どちらかが痴漢してるのは明らかなだけに、歯痒くて仕方ない。

一方で、明日香を励ます気持ちも働いた。痴漢だと声を上げるのが恥ずかしければ、振り向いて睨《にら》みつけるとか、あるいは体を捩《よじ》って嫌がるだけでも効果はあるはずだ。

普段、真面目で隙を見せない彼女だから、黙って俯いていないできっぱり拒絶の態度を示してもよさそうなのに、とも思う。

正彰はとにかくこの状況を変える手立ては何かないかと考えた。

――オレが声をかければいいのか……。

触っているのがどちらの男であれ、後ろに女の知り合いが乗っているとわかれば、やめるに違いない。証拠がないから咎《とが》めるのは難しいが、結果的にやめさせることはできる。名案を思いついたと膝を打つ気分だった。

ところが、いざ明日香の名を呼ぼうとすると、緊張して声にならない。周囲の注目を浴びそうで、どうも気が引けてしまうのだ。体まで強張《こわば》ってきて、触られているのに声を上げられない彼女の気持ちが理解できるようだった。

そのうちに停車駅が近づいて、電車のスピードが落ちた。正彰は停車して人が動いたら、その時に声をかけようと気を取り直した。

2

ドアが開いても降りる人はなく、乗り込んでくる客ばかりだ。いっそう混み合う中、若いスーツが明日香の方に体を向けると、すかさずポロシャツが彼女の真後ろに立った。

――……んっ⁉

素早い動きに、正彰は声をかけるタイミングを失った。ポロシャツが一瞬のチャンスを逃さず、明日香の背後を一人占めしたように見えた。

だが、彼女の方を向いた若いスーツも妙だった。横顔も端正で、いかにも好青年といった風貌だが、混んだ車内でその体勢はどう見ても疑わしい。

明日香も一瞬、ハッとしたようにその男に目をやったのだ。

正彰も横に動いて、何とか彼らの手元を確認しようとするが、二人はちょうどL字の形で隙間なく接している。そこへ正彰が後ろから押されて密着すると、お互いの肩から下はまったく見えなくなった。

ポロシャツが正彰をチラッと見た。何の感情も読み取れない顔つきだ。

若いスーツも横目でちょっと気にしたようで、こちらも無表情だった。

ふと正彰は、二人とも明日香を触っているのではないか、という気がした。痴漢はどちらか一方だと、勝手に思い込んでいただけか——そう思って見ると、本当に両方とも怪しいのだった。

当の明日香はまた俯いてしまい、ジッとしている。髪を後ろでまとめているので、俯いても傾からうなじまで露わなままだ。混み合ってさらに距離が詰まったから、うっすら汗を滲ませたうなじが正彰のすぐ目の前に迫り、透けるような耳朶は心持ちピンクに染まっている。

彼らは手のひらで思う存分、明日香のヒップや太腿を触っているのだろうか。若い方は股間に手を忍ばせたのかもしれない。見えないところで何が起きているのか、想像するとどうにも落ち着かず、心の内で「やめろ。やめてくれ!」と叫んでしまう。

仕事の上では彼女と接する機会はあまりないが、会社の派遣OLなのでやはり保護してあげたいという気持ちはある。にもかかわらず、自分では何もできないので焦れったい。

わずかだが明日香の頭部が傾いて、若いスーツの男に寄りかかった。電車の揺れとは関係ない動きに見えた。しかもすぐに戻らず、ずっとその姿勢のままになっている。

何か不可解なものを感じて、正彰の胸はますます騒がしい。

彼女の髪が男の顎とくちびるに触れそうだ、と思ったとたん、本当にくちびるが触れた。男はそのまま横目でポロシャツを見る。二人は互いに目を細め、ほんの微かに笑みを洩らした。

——なんだ……こいつら、グルなのか!?

見知らぬ者同士ではない、何か目で通じ合った様子に驚かされる。どうやらさっきの素早い動きも、あらかじめ示し合わせた上のことで、ホームで並んでいる彼女に目をつけて一緒に乗り込んだに違いない。毎朝、そうやって協力しながら痴漢を愉しんでいるのかもしれない。

とんでもない奴等に目をつけられたものだと、同情の目で明日香を見やる。だが、彼女は相変わらずスーツの方に重心を傾けたまま、嫌がる様子は窺《うかが》えない。というか、見ようによっては恋人の胸に体を預けているようでさえあった。

——まさか、痴漢を許してるのか!?

ついに諦めてしまったか、あるいは最初から拒む気がなかったか、いずれにしろ痴漢を甘んじて受け容《い》れているらしい。もしかすると感じてしまっているのでは、とさえ思える。

彼らが目を合わせて微かに笑ったのは、この女は抵抗しないと互いに確信した瞬間だったのかもしれない。

それを裏付けるかのように、ポロシャツの肩が少し下がり、若い方もわずかに腰を落とした。露骨に触りはじめたのは明らかで、正彰は居ても立ってもいられない。

バッグを握る両手は彼らの腰に当たっているが、電車が揺れてもびくともしない。肩までぴったり密着させて、強固な壁のようだ。

城壁の内側では、どれだけ破廉恥な行為が繰り広げられているのか。ただ想像するしかない正彰は、しだいに妙なことを考えはじめた。

——オレにも触らせてもらえないかな……。

さっきまで明日香を護ってやれないかと思っていたくせに、彼女が拒んでいないとわかると、いつの間にか痴漢を羨む気持ちにすり替わっている。都合の良すぎる心変わりに、苦笑いすら起きないのだった。

正彰は痴漢の経験などまったくない。混雑のどさくさに紛《まぎ》れて軽くタッチしたことすらない。電車で女性と密着して、むらむら欲求が高まったことは何度もあるが、騒がれて警察に突き出される危険性を考えると、とてもそういう気にはならないのだ。

捕まれば会社に連絡されて解雇の憂き目にあうのは間違いないし、他人の目を気にする性質なので、痴漢のレッテルを貼られたら、一生消えない汚点になるという恐怖心がある。

だから、あらぬ疑いをかけられないよう、混んだ電車で近くに女性がいると、いつも手を腰より上に置くのが習慣になっている。

だが、拒まれないのであれば触ってみたい、というのが本音だ。しかも、相手は自分の会社の派遣ＯＬだ。オレにだって触る権利があると、理屈にならない勝手な思いを募らせる。

――この体勢だったら、触ってもオレだってことはバレないだろう。なんとかならないものか。

だが、門は堅く閉ざされて、それをこじ開けようという気力が正彰にはない。電車が揺れて二人に隙間ができないか、両手に気持ちを集中させながら、ただ運が開けるのを祈るだけだった。

再び停車して乗客が増えると、人の塊が車両の奥へゆっくり移動する。正彰もLの字をキープする二人についていく。

明日香の前で背中を向けていた男が、ふいに反転して、彼女と向かい合わせになった。後ろの女が痴漢に遭っているのに気がついて、自分も参加しようというのだろう。

——なんてラッキーなやつだ。正面からなんて、絶好の位置じゃないか。

還暦間近に見えるロマンスグレーの会社員で、上等な背広に身を包み、一流企業の役員でも通じそうな紳士然とした風格がある。こんな人が痴漢なのかと、意外な思いを強くする。

その男は周りの乗客をさり気なく観察してから、前の二人に目配せして正彰を示した。

心臓を射抜かれるような衝撃があった。警戒する気配が伝わってきて、この男も仲間なのだと直感した。

彼らは明日香を〝コの字〟に囲んで周りの目を巧みに遮断している。残った一方、つまり彼女の右側は大柄なサラリーマンの背中なので、ほぼ死角になっている。自分だけがよく見える位置にいるから、警戒されるのも当然だ。

正彰は逃げるように視線を外したが、どうしても気になって、発車するとおずおずと明日香に目をやった。

彼女はうなだれるようにすっかり首を垂れている。頭部が三人の真ん中に埋もれた状態で、いっそう目立たなくなった。

耳朶のピンク色はさらに濃くなり、頬も上気している。やはり感じているように思えてならない。できれば表情をじっくり観察してみたいものだ。

ふいに肩がひくっと震えた。本格的な痴漢行為に突入しているに違いない。

ホームで見た記憶では、スカートは白黒茶のマーブル模様。会社でよく目にしているキュロットだった。太腿が隠れるくらいなので捲るのは難しいだろうが、尻の割れ目や股の部分に手を忍ばせやすいはずだ。

彼らの手指がどこでどう動いているのか、想像はどんどん膨らんで股間が疼いてくる。いったんは緊張で委縮しかけた肉棒が再び元気を取り戻し、もう少しで芯が通りそうだ。

明日香が一瞬、顔を上げかけたが、すぐにまた伏せた。見えないところで新たな展開があったのかもしれない。

だが、「やめろ」と叫ぶ心の声はもうない。その代わり、「オレにも……」という呟きが聞こえる。集団痴漢に便乗しようなんて、卑怯な気がしないでもないが、少なくとも彼女は嫌がっていない。もう一人増えたところで、どうってことないだろうと思う。

バッグを持つ手は、相変わらず堅い壁のような腰に阻まれたままだ。仕方なしにズボンの上から肉棒をすりすりやってみる。自分の指を痴漢に見立て、そうやって彼女の秘部をいじっている様子を想像するしかなさそうだ。

ところが、幸運は突然やって来た。

3

ガタンッ！

電車が大きく揺れて、正彰は前のめりになるのを必死に踏ん張った。すぐ元に戻ると、手首に何か柔らかいものが触れていた。

——これは！

森宮明日香のヒップだった。

あれだけ堅固だった壁が揺れた拍子に割れて、彼女のヒップの横の部分に手が当たっている。

ポリエステルの薄い感触がやけになまなましい。その下に柔らかな肉の厚みを感じる。体じゅうの血液が上昇したように顔が熱くなる。

正彰はすかさず右手をバッグから離し、そろりと甲で触れた。考えてやったのではなく、本能的な動作だったが、自分から触ったことに変わりはない。ささやかながら、生まれて初めて経験する痴漢行為に、鼓動がみるみる速まった。ドクッ、ドクッと波打つ音が、体の内部から派手に響いてくる。

右側のポロシャツが横目で静かに睨み、体をぐいっと押してきた。彼が尻を撫で回しているところへ割り込む形になったようだ。

正彰は気圧《けお》されそうになりながらも、右手だけは何とか触れた状態で残そうと頑張る。

——このまま、ちょっと触らせてもらうだけでいいから……。

手慣れた痴漢の常連を押し返す気力も意思もないが、祈る思いで右手の甲に意識を集中させる。

そのうちに強く押してこなくなり、ヒップの感触が手に残った。この程度なら邪魔にならないと思ってくれたのであればありがたい。あるいは、とりあえず共犯にしてやれば騒がれる心配はないと判断したのかもしれない。

　左の若い男は前から明日香を攻めていて、正彰が邪魔にはならないようだが、とにかくほんの少しだけおこぼれを頂戴したいという、謙虚な態度で末席に加えてもらう気分だ。

　これまでまったく痴漢経験がなかった正彰にしてみれば、それだけでも充分刺激的だった。

　車両の揺れで手が離れてしまわないよう、懸命に押しつけていると、ヒップがきゅっと引き締まった。快感の高まりを示しているようで、誰が何をしたのか気になるが、もちろんそんなことはわからない。

　明日香はもう頬から耳の裏まで真っ赤だ。痴漢されているのがもろにわかるが、すっぽり埋もれていてバレる心配はない。周囲の目から彼女を隠す役割を、正彰自身も負っているのだ。

　束ねた髪と露わなうなじが目の前に迫っている。少し顔を近づけると、シャンプーの香りがした。何かの花のような香水も鼻腔をくすぐるので、深く静かに息を吸い込んでみる。

ヒップがまた引き締まった、と思ったら腰がくねっと動いたりもして、やけにエロチックだ。見えている肩から上はいつもの混んだ車内風景なのに、見えないところで明日香の下半身が卑猥に蠢《うごめ》いている。

——毎朝、車内のあちらこちらで、こんなことが起きているのか……。

いますぐ近くで似たようなことが繰り広げられているかもしれない。自分が実際に経験してみると、痴漢は何も特別なことではなく、日常のごくありふれた出来事のように思えてくる。

自然と正面にいる紳士然とした会社員に目が行った。捕まれば失うものは大きいだろうに、それでも痴漢をやっている。そう考えると、正彰もしだいに気が大きくなってくる。

——手のひらで触っても、大丈夫だよな？

最初はあれだけ刺激的に感じたのに、手の甲ではもう物足りなくなっている。偶然触れただけという言い訳が立つので、やはり手のひらで触らなければ、痴漢体験も本物とはいえないかもしれない。

正彰は両脇の二人の反応を窺いながら、おずおず手首を返していく。明日香よりむしろ彼らがどう出るかが気がかりだ。

幸い放置してくれそうな雰囲気なので、さらに続ける。薄いスカートがわずかに撓《たわ》んで、裏地の上を滑った。

いよいよ弁解する余地のない段階へ突入だ——緊張感がにわかに高まり、口の中が乾きはじめる。鼓動はさらに大きく響いて、周りの乗客に聞こえはしないか心配になるほどだ。

しっかり手首を返すと、薄いポリエステルの微細なざらつきがより鮮明になった。思わず手のひらをぴったり押しつける。

——さ、触ってる！

手の甲に比べてこんなにも敏感なのだと、あらためて実感する。すべすべした裏地も、さらにその下のショーツの張りつめた感触まで、驚くほどリアルに伝わるのだ。

異様な昂奮に襲われ、両膝ががくがく震えだした。落ち着け、落ち着けと自分に言い聞かせながら、そろりと撫でてみる。

ぷりっと突き出した尻から太腿にかけて、優美なカーブの手触りが素晴らしい。ひときわ柔らかな円みに目眩《めまい》がしそうだ。

体つきはスマートな印象の明日香だが、意外なことにずいぶん肉づきがいい。

どうやら着痩せするタイプだったようだ。

いつも真面目に仕事をこなす黒縁眼鏡の彼女は、一見地味そうではあるが、着衣の下に熟れきったセクシーボディを隠しているに違いない。柔媚な感触がそう語っている。

バストのボリューム感はどうなんだろう、と思って前の二人を窺うと、無表情に視線を落としてジッとしている。そうやって動きを抑えつつ、見えないところで明日香を攻め続けているに違いない。

だが、少なくともこちらを警戒する様子はないとわかって、正彰は落ち着きを取り戻すことができた。膝の震えも止まった。

すると、ヒップを撫でるだけでなく、揉んだりして感触をもっと愉しもうという余裕も生まれた。

もっとも、警戒されなくなったとはいえ、充分なスペースを与えられたわけではない。相変わらず両側から挟まれたわずかしかない隙間で、尻肉をやんわり揉んでみる。

柔らかな肉は手指の動きに合わせて歪み、元に戻る。まるで手に貼りついたかのように、自在に形を変える。この悩ましい弾力感は、触れただけではわからなかった。

明日香のうなじは息がかかるほど近く、心なしか甘い香りがさきほどより濃くなっている。ゆっくり深い呼吸を続けていると、媚香が股間にまで染みわたるようだ。

手の中で下着のラインが微妙に踊るのもたまらない。ローライズというのだろう、尻にやっと引っかかるような浅いデザインで、真面目に見える彼女がこんなパンティを穿いてるのかと、内心ニンマリする。

縁のゴムは尻朶にやや食い込んでいる。指先をラインに沿わせると、ゴムからはみ出たところの柔らかさが際立った。

正彰はその時、あることに気がついた。ストッキングの手触りが感じられないのだ。ラインがはっきりわかるのは、そのせいだった。

これがキュロットでなく普通のスカートだったら、捲り上げてパンティに直接触ったり、中に手を入れて秘部をいじり回す痴漢だっているかもしれない。想像するだけでゾクゾクしてくる。

ふいに体の右側の圧迫感が弱まった。ポロシャツがほんの少しスペースを空けたようだった。チラッと見ると、前を向いたまま、穏やかなまなざしでくちびるが微かに笑っている。

——オレのために空けたのか？

さきほども正彰が加わるのを許してくれたので、何となくそんな気がした。こんな初心者なのに仲間扱いしてもらえたようではあるが、うれしい。

自然に頬が緩んでしまうが、すぐに思い直して引き締めた。彼らを真似て、できるだけ無表情で何事もなさそうに装うことにする。

ほんの少しスペースに余裕ができただけで、かなり自由に触れるようになった。やわやわ揉んだり、撫で回したりもできる。

しだいに手のひらが汗ばんでくると、薄いポリエステル地が纏《まと》いつくようになった。だが、触りにくいと感じたのは最初だけで、かえって生尻との間の布が一枚減ったような、よりなまなましい手触りなのだ。

たまに正彰の手つきと違う方にスカートが引っ張られるのは、隣のポロシャツが揉みしだいているせいだ。

キュロットだから、尻の割れ目に手を潜らせるのは簡単だ。もしかしたら、秘部まで指が届いているかもしれない。そんなことを考えてみる。

だが、現実は正彰の想像をあっさり超えるのだった。

4

気になって臀裂の近くをさぐろうとしたとたん、またも電車が揺れて、仰け反った拍子にヒップから手が離れてしまった。

思わず手元を見下ろして、正彰は目を瞠《みは》った。

ポロシャツの指が、目にも留まらぬ速さでキュロットをたくし上げ、ライトブルーのショーツの端がチラッと覗いたのだ。

——捲った！

目で捉えられたのはほんの一瞬で、ポロシャツの早業に感心している間もなかった。すぐ元の体勢で密着すると、正彰の指にショーツの縁と生尻が触れていた。

——……おっ!!

意表を突く展開に心臓が早鐘を打つ。

想像だけで昂ぶっていたことが現実になったというのに、完全に舞い上がってしまい、生尻の触感を確かめている余裕がない。

とにかく落ち着こうと、ゆっくり深呼吸してみる。

そろり、そろりとさぐりながら、指先に意識を集中させる。

明日香は双臀を堅く引き締めているが、表面はぷにっとして柔らかい。食い込んだゴムからはみ出ている部分は、果肉が熟れてこぼれ出たようだ。

境目付近の尻肌は心持ち汗ばんでいて、指先が滑る。下着の中はもっと湿っているのではないか。その奥は……想像を膨らませると、ふいにショーツのゴムが消えて生尻だけになった。

双臀はさらに強く引き締まり、明日香の全身は硬直して棒のようだ。

ポロシャツの左肩が、さっきよりも少し下がっている。

様子をさぐると、ショーツのゴムがかなり浮いていて、中に指が入っているのだった。

——本当にこんなことまでできるんだ、電車の中なのに……。

驚きと昂奮が暴発しそうな烈《はげ》しさで膨れ上がる。

もう少し近くをさぐってみると、前後に動いている彼の指に触れて、反射的に手を引っ込めてしまった。

もう一度慎重に近づけると、指先にアヌスの皺《しわ》を感じた。彼はそこを越えて秘裂をちょこちょこ擦っているようだ。直接触れなくても、ワレメの外側が微妙に動いているのでわかる。

そのあたりもかなり湿っているが、微かにぬめりが感じられ、汗だけではないようだった。

微かなざらつきも感じられ、こんなところまで毛が生えているのかと、理知的な明日香の顔立ちを思い浮かべてギャップに昂ぶった。

もっと先まで触りたいが、彼はいわば痴漢のプロみたいなもので、今日初めて経験した素人が下手に動くと邪魔をしてしまいそうで気が引ける。でもやっぱり触ってみたい。

ジレンマを抱えながらうろうろするうちに、ぬめりがさらに増してきて、たまらずその先へ進んでしまった。

彼の指に触れたとたん、動きが止まった。邪魔だったかと思ってドキッとしたが、それも束の間、一気に明日香の中に埋め込まれた。

「あっ……」

俯いた彼女の口から、小さな声が洩れた。

焦って顔を上げると、ロマンスグレーに睨まれた。慌てて顔を上げたことを咎めているのかもしれない。

　彼は目だけ動かして周りの乗客を確認すると、警戒する気配もなくまた視線を落とした。幸い不審に思った者はいなかったのだろう。明日香が下を向いて頭が埋もれた状態なので、聞こえたのは正彰たちだけだったようだ。

　ポロシャツも挿入した指を止めて様子を窺っていたが、またゆっくり動きはじめる。何度か出たり入ったりを繰り返してから、深々と埋め込んでいった。

　搾り出されるように蜜が溢れ、正彰の指もぬるりと滑った。入口は太い指をきっちり咥えて隙間がない。

　明日香は声を殺して腰をくねらせた。膣奥をさぐられている様子で、歯を食いしばっているのが、頬の緊張から見て取れる。できることなら下から顔を覗き込んでみたい。痴漢の指にあえぐ表情は、オフィスの森宮明日香とどれだけ落差があるだろう。

　再び指の出入りが始まり、しだいに加速していく。

　といっても、手は臀裂にぴたっと押し当たったまま、指だけが器用にピストンを繰り返している。腕も微動だにしないところが、いかにも手慣れた痴漢の指使いだ。

　周りから見れば、ただ混んだ車内で体が密着しているに過ぎない。彼女の下半身がそんなことになっているなど、想像もつかないはずだ。

ピストンが止まり、今度は円を描きはじめた。入口付近の浅いところをぐりぐりやっている。かき回す、というより抉《えぐ》るような激しさだ。

くねっていた明日香の腰が、びくっと震えた。さらに蜜が滴って正彰の指にもねっとり付着する。下着になすり付けても、すぐにねとねとになってしまって切りがない。

――どんな匂いをしてるんだ、森宮明日香……。

引き抜いて匂いを嗅いでみたい衝動に駆られる。会社のデスクで大股開きになってもらって、存分に嗅ぎまくったら最高だろう。

正彰の彼女を見る目はすっかり変わっている。痴漢を許し、指を挿入されてあえぐ姿に接したことで、眠っていた牡《おす》の本能が目覚めたようでもある。

ふいに明日香が背中を丸める仕種を見せた。ロマンスグレーか若いスーツにバストを攻められているのだろう。あるいは前からも下着の中に手が入っているのか。正彰の指はそこまで届かないからわからないが、クリトリスをいじられてるのかもしれない。

知り合いの派遣ＯＬが集団痴漢の餌食にされ、未熟ながら自分もそれに加担しているのだと思うと、背筋がぞくぞくする。初めての痴漢経験にしては、刺激的すぎるのだ。

円を描いていたポロシャツの指は小刻みなピストンに変わり、さらに深く突き入れたり、またぐるぐる回転したり、多彩な動きを見せる。

明日香はすっかり体の力が抜けてしまい、寄りかからないと立っていられない状態だ。ふらついて正彰の方にも体重がかかり、心地よい重みが胸元から腹部のあたりを圧迫した。膨張した肉棒の先にも重みがかかり、甘美なさざ波が生じる。

触っていた手をどけて、自然反射的に腰を迫り出した。

——これは気持ちいい！

ぐいっと尻肉に押しつけたとたん、先端から睾丸へ心地よい電流が走った。

柔媚な圧迫感が何とも言えない。こうしてヒップの斜め横に当てていると、すぐ近くに骨盤の硬さが感じられ、より刺激が強くなる。ただ柔らかいだけより気持ちいいかもしれない。

しかも、互いの腰が車両と一緒に揺らぐので、押しつけるだけで揉みあやされているように感じるのだ。

ふいにガクッと車両が揺れて、亀頭が揉み転がされた。快感の針が大きく振れて、ペニスが脈を打つ。先端からとろっと溢れたものがブリーフを湿らせた。竿はついに完全な勃起状態になり、亀頭がぱんぱんに張りつめて痛いくらいだ。竿は弓のように反り返っているに違いない。

——こんなになって……オレもまだまだ捨てたもんじゃないな。

もう何年も見られなかった、というより半ば諦めていた力強さが戻ったことに感動してしまう。

正彰はなおも押しつけを続けた。スペースが狭いので、触るのはひとまずお預けだが、体も気持ちいい方を優先させたがっている。

隣はなおも膣穴をいじり回している。最初のうちは周りの乗客を気にしながらだったが、明日香が囲みの中にすっかり埋没しているせいか、指使いがしだいに大胆になってきた。

太腿に動きが伝わるので、何をされているのかおおよそは感じ取れる。それが想像力をリアルにかき立てるのだ。

明日香はくちびるに握りこぶしをあてがい、必死に声を殺している。相変わらず囲んだ痴漢を支えにしてやっと立っている状態だが、断続的に腰がひくついて、そのたびに正彰の怒張を気持ちよく擦ってくれる。

がねっとり濡れてきた。ズボンの表に染み出ないか心配になるくらいだ。

おかげでペニスは幾度となく脈打ちを繰り返し、垂れた粘液でブリーフの内側

――気持ちいいけど、なんだかヤバくないか……このままだと、うっかり射精しかねないぞ。

調子に乗って愉悦にひたっているうちに、肉棒の脈動に危うい感覚が入り混じるようになった。

――こんなとこで出したら、匂いでバレるじゃないか。

せっかくの快感を途中放棄するのは惜しいが、仕方なく腰を引いた。

だが、とたんに物足りなくなって、また押しつけてしまう。その圧迫される瞬間が妙に気持ちよくて、引いたり突き出したりを繰り返してみる。

押しつける瞬間に電車が揺れたりすると、快感が急上昇して、さらに危険な兆候に慌てることになるが、どうしてもやめられない。

正彰は危険な爆弾を抱えながら、快楽の火を煽ぎ続ける。あえて危うい状況に身を置くことが、より烈しい昂奮に繋がるものだと自然に理解していた。

そんな状態が何分くらい続いただろう。

『間もなく終点Ｉ駅に到着します。ＪＲ線、地下鉄〇〇線、××線ご利用のお客

様はお乗り換えです』

車内にアナウンスが流れる中、ポロシャツの指使いが激しくなった。

前から攻める二人も最後のスパートをかけているに違いない。明日香が屈み込みそうになるのを、しっかり阻んで攻め続ける。

——イカせるつもりか！

静かではあるが、彼らの気迫がはっきり伝わってくる。

正彰も昂ぶりに任せて股間をぐりぐり押しつけた。

明日香は背を丸め、腰をひくつかせる。頬も耳も茹でたように上気している。

電車が減速しはじめたところで、ガクッと大きく腰を揺らし、全身を硬直させた。痴漢の手でアクメに達した瞬間だった。

追いかけるように正彰も射精欲が高まった。こんなところで出てしまったら大変だ、という焦りの裏側で、降りてすぐトイレに駆け込めばいいと開き直る気持ちもあった。

だが、ポロシャツがぐいっと体を押して、冷めた目で見つめた。

『もうおしまいだよ』

そう言われている気がして、切羽詰まる直前で踏み止まった。ブリーフの内側はもう、べっとり粘液まみれになっていた。

駅のホームが目に飛び込んでくると、ポロシャツは指を引き抜いてショーツを整え、捲ったキュロットをきちん元に戻した。触らせてもらったお礼なのだろうか。

前の二人も着衣の乱れを直してやっているようだ。そのまま降りれば痴漢されていたのがバレバレで、彼女は恥ずかしい思いをするだろう。それを気遣ってのことかもしれない。

——痴漢なのに、ずいぶん礼儀正しいんだな。

正彰は妙なところに感心した。

だが、意外なことはそれだけでは終わらなかった。

第二章　蜜の名残

1

終点に着いてドアが開くと、三人の痴漢と一緒に明日香を囲んだまま、乗客の群れに交じって降車口へ移動する。

——彼らはどうするつもりだろう。

正彰はそのことが気になっていた。

仲間で囲んで触りまくって、とうとうアクメまで上りつめさせた、それだけで終わりなのだろうか。たとえば多機能トイレにこっそり連れ込んで、次々に犯したりとか——このままついて行くわけにいかないので、彼らの行為がどこまでエスカレートするのか、想像は膨らむ一方だった。

ところが、電車を降りた彼らは明日香には目もくれず、見知らぬ他人のように左右別々の階段へと散っていった。

取り残される形になった明日香も階段へ向かう。ふらつく足取りを気に留める者はなく、次々に追い越されていく。

呆気に取られてぼんやりしていた正彰は、後ろから肩にぶつかられて我に返り、慌てて階段へ急ぐ。

だが、下りきったところで明日香を見失ってしまった。

改札の手前、人の流れから外れたところにポロシャツの男が立っているのが見えた。スマートフォンをいじっている。

そばまで行くと、正彰の足が止まった。話しかけようと思ったわけではないが、そのまま通り過ぎるのは何となく惜しい気がした。

男が気がついて、警戒気味に顔を上げる。立ち止まったのがさっきの男だとわかって表情を緩めるが、すぐに〝なにか用でも？〟と問いかける目になった。

「いや、べつにその……」

正彰はあたふたと手を振り、言葉に詰まってしまったが、その場を立ち去る気にはならなかった。自分を見る男の目にどこか親しみのようなものを感じたからだった。

「あんた、慣れてないね。危ない目に遭わないように、もう少し気をつけた方がいいよ」

先に口を開いたのは相手の方だった。感じた通りの穏やかな口調に助けられ、正彰も滑らかに言葉が出る。

「すみません。慣れてないっていうか、初めてだったもので、邪魔しちゃ悪いとは思ったんですけど、つい……」

男は正彰の言ったことがさも可笑《おか》しそうに目尻を下げた。笑った顔が妙に人懐っこくて、本当に親しみを覚える。

「でも、おかげですごい経験をさせてもらいました」

「だから、それでつい調子に乗って気が大きくなると、大怪我することになるからさ。せいぜい気をつけなきゃ。バレたらこっちがいい迷惑だよ」

口では注意を促しながら、顔は笑っている。見た目と同じく、性格も温和そうに思えた。

「そうですね。気をつけます」

「あんたも面白い人だね。素直っていうか、真面目なのかな」

男は正彰をしげしげ眺めると、思い立ったように改札の方を目で示した。

「ここじゃなんだから、出ようか」

改札を出てJRの乗換口から離れた人のいない場所に移動すると、男は粕谷《かすや》と名乗り、さきほど正彰にスペースを譲った理由を話してくれた。

「これはチャンスと見て強引な態度に出るやつだったら、徹底的にブロックしてやったさ。でも、あんたはガツガツしなかったから、これなら一緒にやらせてやってもいいって判断したわけだ」

ベテランの痴漢から直接話を聞けるなんて、これほど興味をそそられることはない。面白いことになってきたと、正彰は俄然、積極的になる。

「あの人たちは、仲間じゃなかったんですか。てっきり集団でやってるんだと思ったんですけど」

念のため周囲を窺いながら尋ねると、粕谷は笑って首を振り、顔は見知っているが仲間というわけではない、たまたま一緒になれば無言で協力する間柄だと教えてくれた。

「お互い、欲求に任せて突っ走ることがないから共感してる感じかな。要するにスタイルが似てるってことさ」

「スタイルって、痴漢の？」

「そう。ただ触って愉しむだけじゃなく、女を感じさせることができないと一人前とは言えない。できればちゃんとイクまで気持ちよくさせたいよね。それが痴漢のあるべき姿だと思うし、あの人らも同じはずさ」

痴漢の理想論めいた話になり、粕谷は真剣な表情を見せる。

「それと、絶対周りにバレないようにするってことだ。自分の安全のためだけじゃなくて、女の気持ちを考えた上でね」

「女の気持ち、というと……」

「つまり、周りの人が気づいたら、あの女は痴漢を許してるとか、痴漢されたくてわざわざ混んだ車両に乗ったのだろう、なんて思うかもしれない。実際はどうかわからないが、そんな気がするだけで女は恥辱的に感じるらしい。本心では触られてもいいと思っていても、バレるのはイヤって女は多いよ」

だから、絶対バレないようにするのが鉄則というか、信条にしているのだと粕谷は言う。降りる前に彼女のスカートを元通りに整えてやったのも、そういう気遣いだったのかと納得した。

それはもう理想論というより、痴漢哲学みたいなものだと正彰は感心させられた。立ち話は仕方ないとして、もっといろいろ教えてもらいたいと欲が出る。

「さっきの女は、どうでした？　あまり嫌がってなかったですか？」

自分よりいくつか年下に見える粕谷に対して、正彰はあくまでも敬語で通す。たとえ痴漢であっても、相手がベテランとあらば、自然と敬う気持ちになるものだ。

「嫌がってないというより、戸惑ってるうちに気持ちよくなってしまったんだな。なにしろ感度抜群だったからな、あの女」

粕谷が思い出しながら言うので、急に話がなまなましくなった。正彰も生尻や湿った肉の手触りを思い出し、朝のターミナル駅でこんな痴漢話に熱中していることに異様な昂奮を覚えた。

「実は彼女、うちの会社の派遣ＯＬなんですよ。部署は違うけど、わたしは人事担当だから、関わりはけっこうある方で」

昴ぶりに任せて言ってしまうと、粕谷は目を丸くした。そして、さぐるように見つめながら顔を近づけ、思わせぶりに声を潜める。

「パンティに指入れた時はもう、ぐっしょり濡れてたさ。いや、痴漢されて濡れる女はいくらでもいるんだが、あれはハンパじゃなかったな」

わざわざ煽る言い方でニヤッと笑い、正彰を羨ましがらせる。

「しかも、中はミミズ千匹、いやらしく蠢いて、締めつけもエロいのなんのって。あの女は間違いなく名器だよ」

目の前に指をかざし、卑猥に動かしてみせる。まだ乾ききらずにしっとりしているようだ。

思わず鼻からたっぷり息を吸い込むと、微かに淫臭が残っている気がして、背筋がぞくっと痺れた。

本当は彼の手を摑んで存分に嗅いでみたいが、そんなことできるはずがない、と思ったとたん、自分の指にもわずかに蜜の名残が付着していることに気づいた。

初めての体験があまりに衝撃的で、そこまで気が回らなかった。だからといって、あらためてこの場で嗅ぐわけにもいかないのが焦れったい。

「もしかして、前の人も下着に手を入れてたんでしょうか」

「ああ。正面にいた年配の方、あの人が毛をいじったり、クリをいらったりしてたようだ。最初は若いやつがスカートめくったと思うけど、途中で譲ってあいつはオッパイに行ったんだな」

「そういうのって、見えてなくてもわかるものですか」

「だいたいわかるね、女の体のくねりとか、腰のひくつきなんかでさ。こっちの指と関係なく腰が動いたりするから」

「なるほど、そういうものですか」

ベテランの話はなかなか奥が深い。正彰は感心することしきりで頷いた。

ふと時計を見ると、出社時刻が迫っている。多少遅れても差し障りはないので、もう少し話していたいところだが、聞けば聞くほどのめり込んでしまいそうな気もした。

逡巡していると、粕谷が思わぬことを提案してきた。

「あんた、よかったら今日の夕方、混み合う路線に一緒に乗ってみないか」

「一緒に?」

「いろいろ教えてやってもいいよ」

「それは願ってもないことで……でも、こんな初心者が一緒だと、足手纏《あしてまと》いになるんじゃ……」

「心配御無用。任せてくれればいいさ」

自信たっぷりの粕谷が頼もしい。そのひと言で、彼の誘いに乗ろうという気になった。

今度は彼が協力してくれると最初からわかっているから、もっと大胆なことができるかもしれない。いろいろ想像するうちにさきほどの昂奮が甦って、股間がうずうずしてきた。

粕谷とメールアドレスを交換して別れると、まだ出社前だというのに、早くも終業時刻が待ち遠しい。

だが、その前に、痴漢の指でイッた森宮明日香と顔を合わせる愉しみが待っていた。

2

出社した正彰は社員たちと朝の挨拶を交わし、明日香にも声をかける。

「おはよう」

「おはようございます」

「なんだ、今朝はずいぶん顔色がいいね」

さり気なく付け加えたひと言にどんな反応を見せるか、じっくり観察させてもらう。

一瞬の間があったが、「いえ」と呟《つぶや》いて小さく首を振ると、頬をほんのり桜色に染めて俯いた。痴漢されてアクメに達した、その名残が顔色に表れていると思ったに違いない。あるいは、あちこち触ってきた四人の手指の感触まで思い出したのかもしれない。

自分のひと言が彼女の羞恥を煽った。とりあえずその事実だけで充分だった。それ以上続けると、セクハラだと聞き咎める者がいるかもしれない。総務次長の正彰は女子社員のそういった相談を受ける立場にあるので、逆に苦情を申し立てられるような事態になってはいけない。

デスクに着いてとりあえずメールをチェックしていくが、明日香のことがずっと頭から離れなかった。経理部は総務のすぐ隣で、十メートルちょっとの距離で明日香の表情まで窺える。ふと顔を上げると、自然に彼女の方に目が行ってしまうのだ。

——意外に肉づきがいいことを知ってるのは、この会社でオレだけだ。

明日香のヒップの手触りを、大声上げて全社員に知らせてやりたい衝動と、誰が教えてやるもんかという独占欲がない交ぜになって、正彰はひたすら優越感にひたった。

彼女は彼女で、今朝の出来事がずっと尾を引いているようだった。気になって見ていると、頻繁に集中を切らしているのがわかった。ふと手が止まり、視線もどこか一点に留まったままになることが何度もあるのだ。

しばらくすると我に返ったように手を動かすので、仕事のことを考えていたのではないと察しがつく。

——また思い出してるな……。この調子だと、今日は仕事が手につかないだろう。もしかすると、ずっとアソコが湿ったままなんじゃないか。

卑猥なことを考えながら、正彰は右手に顎を載せた。曲げた指が鼻の下から上くちびるに触れる。明日香のぬめりは乾いてしまったが、洗わないでおいたので微かに匂いを留めている気がする。

思い込みに過ぎないとしても、しばらくは初めての痴漢体験の記念にしておきたいし、記憶媒体のような作用もあった。指の匂いを嗅げば、その時の触感がなまなましく甦るのだ。さらにこっそり舐めてみると、自分の指が塩っぽいだけなのに、明日香にクンニをしている気分になれる。

——仕事が手につかないのは、こっちも同じか。

内心苦笑しながら仕事に戻ろうとした時、ふとあるアイデアが閃いた。いつもの仕事ぶりとは違う明日香を見ていて思いついたことだった。

早速、シュレッダーにかける書類をパラパラめくって空白部分をさがし、十センチ角くらいに切り取った。そこにボールペンで角張った字を書く。わざと下手な字にすると、筆跡をごまかして脅迫状を書いている気分になる。

『けさはたっぷりたのしませてもらったよ。アソコの中はミミズ千匹。ヒクヒクうごいてヒワイだな。そのうちまたデンシャでイカせてやるから、たのしみにしててくれ。びしょぬれモリミヤさんへ。うしろのしょうめんより』

指を挿入した粕谷に成り代わり、彼の言葉を借りてリアル感を演出してみる。破棄する書類を切り取ったのは、もちろん自分のメモ用紙を使うわけにはいかないからだ。

書き終えたら小さく折りたたんでポケットにしまう。あとは誰にも気づかれないように明日香の机の上に置くだけだ。

期待していた通り、ランチタイムにその機会は訪れた。明日香は経理の社員やもう一人の派遣OLと一緒に外へ食べに出て、彼女の机の周りに人がいなくなった。

正彰はすかさず席を立って、ゆっくり経理の方へ歩いていく。

緊張が高まり、鼓動が急に速くなった。

慌てて失敗しないように心を落ち着けながら、たたんだ紙切れを電話機の下に挟み、そのままドアに向かう。

誰にも気づかれなかったことに安堵して廊下に出ると、全身から一気に汗が噴き出した。サスペンス映画の主人公になったみたいな高揚感を覚え、何とも心地よかった。

それから弁当屋で幕の内とみそ汁を買って社に戻ると、エレベーターで乗り合わせた部下の女性がレジ袋に目を留めた。

「珍しいですね、お弁当ですか」

「たまには中でのんびり食べようと思ってね」

「外、暑いですからね。あまりうろうろしたくないですよね」

「まったくだ。どうにかならないかね、この暑さ」

適当にとぼけておくが、内心は昂ぶりを抑えられない。ランチから戻った明日香が猥褻な書きつけを見てどんな顔をするか、その瞬間を絶対見逃すまいと決意に燃えている。

あの集団痴漢の一人、それも指を入れた男が、派遣先の人間だと知った時のショックは、言葉で表せないほど大きいに違いない。

痴漢されたことだけでなく、感じてしまって拒めなかったこと、激しく濡れて最後はアクメに達したこと、それらを知る人物に密かに見られている恥ずかしさは想像に余りある。

しかも、相手が誰だかわからない不安が常につきまとうのだから、仕事を続けるのが耐えられなくなって、派遣先を替えてほしいと願い出るかもしれない。

だが、その時は、慣れている彼女に辞められるのは困ると派遣会社に言えばいい。また一から仕事を覚えてもらう手間を強調すれば、先方は説得してくれるはずだ。立場上、いちばん弱いのは彼女個人だし、そもそも変更を願い出る理由を説明できないだろう。

いろいろ考えていると、明日香をいたぶる気持ちがますます膨らんで、それが愉しく思えてならない。

女性に対してそういう心理が働いたのは初めてだが、彼女の帰りを心待ちにしているせいか、五百円弁当でさえ美味しく感じる。今朝のサンドウィッチとは月とスッポンだ。

おかげであっさり食べ終わってしまい、お茶を飲みながらしばらく業界紙を見ていると、明日香たちが戻ってきた。

席に着いてすぐ挟んである紙に気づくかと思ったら、一緒に食事に出た隣の席の村上《むらかみ》という男性社員となかなか話が終わらない。彼女はずっと聞き役のようだが、話をする時は真っすぐ相手を見るので自分の机に目が行かない。

──なんの話だか知らないが、いつまでやってるんだ！　早く終われ！　まさかお前、彼女に気があるんじゃないだろうな！

業界紙から顔を上げずに目だけ前に向けた正彰は、顔が険しくなっているのも気づかず、何度も毒づいた。

実際は三十秒もなかったが、永遠に続くかと思えた話がようやく終わると、明日香の目が今度はノートパソコンに向いた。

──そっちじゃなくて電話機を見なさい、電話機を！

いっそのこと内線を鳴らしてやろうと手を伸ばしかけたが、番号が表示されるのをうっかり忘れるところで、慌てて引っ込める。

その直後、本当に内線が鳴って、明日香が受話器を取った。

すると、ほどなく挟んだ紙に気がついて、受け答えしながら片手で広げた。表情を見逃すまいと、正彰は息を詰める。

紙切れにちょっと目を通しただけで、明日香が目を剝いた。すぐさま握り潰すように手の中に隠してしまう。

顔色が変わっただけではなく、声を詰まらせたか何かだろう、内線の相手に懸命になって平静を装う様子が伝わってきた。

村上も気遣うように見ていたが、すぐ元の調子で通話が続いたので大事ないと思ったのか、自分のパソコンに向き直った。

それでも明日香の表情が強張ったままなので、正彰は一人、悦に入っている。彼女を動揺させたことが愉しくて、もっと恥ずかしい思いをさせたい欲求に駆られる。

内線電話は思いのほか長かった。ようやく終わると明日香は受話器を置いて、メモした電話の内容を整理しはじめた。左手は固く握ったままだ。できれば紙切れの存在自体を消し去りたいところだろうが、まだ全部読んでいないので気になっているはずだ。

メモをまとめてペンを置くと、気持ちを落ち着けるように何度かゆっくり呼吸した。それから向かいと隣の席をチラッと気にして、皺くちゃにした紙切れを恐る恐るといった手つきで広げる。

不穏な文字を目で追いながら、表情を変えまいと意識しているようだが、顔色はみるみる蒼白になる。

――そりゃ、ビックリするよな。でも、誰の仕業か考えたって無駄なことだ。絶対にわかりっこない。

新聞を読むふりを続けていると、脅迫相手の反応を陰でこっそり窺う犯人の心理が、何となく想像できた。

一瞬、放心状態に陥った明日香は、我に返ると紙切れを千切ろうとした。だが、すぐに手を止めて、少し考えてから席を立ち、慌ただしくドアから出て行った。

おそらく、動揺している姿を社内のどこかで痴漢が見ている可能性には考えが及んでいないのだろう。もう少し煽ってやるのも一興とばかり、正彰も少ししてから廊下に出てみた。

――細かく千切ってトイレにでも流すつもりか？　屑入れに捨てるのが心配になったんだろうな。

彼女の気持ちを容易に推し量れるのが愉快でたまらない。

トイレ方向にゆっくり歩いていくと、案の定、明日香が出てきた。

　表情は硬いままだったが、正彰を認めると笑みを作った。

　口元が引き攣《つ》ったように不自然だが、こうして間近で見るとやはり整った顔立ちをしている。黒縁眼鏡を外したら意外と色っぽいかもしれないと思い、綺麗な耳やうなじを上気させた電車での光景が浮かんだ。

「どうした、なんだか気分が悪そうじゃないか」

「いえ、大丈夫です。なんでもありません」

「そうは見えないけど、本当に大丈夫？　無理はしないで、早退したければ遠慮なくそう言ってくれていいんだよ。派遣さんだからって、なにも気兼ねすることはないんだから」

「ありがとうございます。でも、本当に大丈夫ですから」

　相手が痴漢本人とも知らず、明日香は恐縮しきって何度もお辞儀をする。それならまあいいが、と言って正彰は引き下がる。だが、

「朝はあんなに顔色が良かったのになあ」

　ぎりぎり聞こえるぐらいに呟きながら通り過ぎる。

　振り返ってみると、恥ずかしげに俯いて立ち去る明日香のヒップが、波のように揺れていた。そういう目でじろじろ見るのは初めてだ。

――やっぱり着痩せするんだな。あのスカートの下には……。

正彰の手のひらに柔媚な肉感が甦り、股間がじんわり疼きだした。

3

夕刻、粕谷に指定されたＪＲのＳ駅構内にあるコーヒースタンドに行くと、すでに彼が待っていた。

「お待たせして、すみません」

「待っちゃいないよ。時間通りじゃないか」

今朝知り合ったばかりの粕谷は、古い友人のように人懐っこい笑顔で正彰を迎えた。

「カバン、ちゃんと置いてきたね」

「ええ。言われた通りにしました」

正彰は照れ笑いで頷いた。バッグは邪魔になるからコインロッカーに入れてくるよう、メールで言われていたのだ。

コーヒーを買って彼のいるカウンターに戻ると、

「どうだった、彼女？」

早速、会社での明日香の様子を、ニヤニヤしながら尋ねてきた。

正彰は声を潜めて彼女の一日を話して聞かせる。痴漢したことを猥褻な手紙で知らせた話をすると、

「なかなかやるじゃないか。面白いこと考えたもんだ。正体がバレないように気をつけて、どんどん煽ってやればいいさ」

しきりに感心されて、何やらこそばゆい。おかげで正彰自身が煽られていることには気がつかなかった。

「彼女、Mの気があるんじゃないか」

考えもしなかったことだが、彼の言う通りだとすれば、それで痴漢を拒めない性質ということはあるかもしれない。彼女をますますいやらしい目で見てしまいそうだ。

「ところで、これから乗るS線だけど……」

粕谷が本題に入ると、にわかに緊張が走った。

痴漢が多いことで有名なS線について、彼が簡単に教えてくれる。

先頭車両が最も混雑すること、痴漢撲滅キャンペーンや車内にカメラが設置さ

れたことで確かに痴漢は減っていること、しかしそれはインターネットの書き込みなどに触発されたバカな奴等が淘汰されただけで、常習者はひそかにより巧妙に続けている、といった話を聞いて、彼が痴漢に人生を賭けているように思えてきた。

「すごいですね。そんなに詳しいなんて、さすがだ」

「いやいや、大したことないさ。毎日あっちこっちの混んだ路線に乗りまくってれば、自然と詳しくなるものさ」

粕谷はJRから私鉄、地下鉄に至るまで、痴漢目的で乗っている路線を指折り列挙した。

「ま、毎日、そんなに!?」

「今日はこれとこれ、明日はあそこまで遠征して、ついでに、あの路線に回ろうか、ってな具合さ」

平然と言い切る粕谷に目を丸くする。

「失礼ですけど、お仕事はなにを?」

「いまは定職はないよ。勤めてた会社が三年前に倒産してね。失業保険で食いつないでる間、暇に任せて痴漢三昧だったんだ。それですっかり病みつきになって、以来、定職に就かずにアルバイトと株で生活してる」

仕事は昼間だけにして、朝夕は満員電車に乗りまくっているのだと、笑いながらひそひそ話で説明する。

「じゃあ、三年でベテランの域に達したわけですか」

「そんなことはないさ。初めて電車で女の尻を触ったのが高二の時だから、痴漢歴はきっちり三十年だな」

「そんなに若い頃から……」

正彰は呆気に取られ、高校生でよくそんな勇気があったものだと感心する。

だが粕谷は、勇気があったわけではないという。すべては通学している電車で乗り合わせたOLのおかげなのだそうだ。

高校時代の彼は越境通学で、いつも一人で電車に乗っていた。最初に使う路線は、乗った時はさほどでもないが、停車するたびにどんどん混んで、最終的には超満員になった。

「ある日、ドアからちょっと離れたところに立ってたら、次の駅ですげえ美人のOLが乗ってきたんだ。たぶん二十代半ばだったと思うが、その時はずいぶん大人の女に見えたな」

そのＯＬはドアのすぐそばにいたが、停車して人が乗ってくると少し後ろにさがった。その際、粕谷の顔をチラッと見てから、だらりと下げている手に目をやった。

「最初は警戒してるんだと思ったんだ。もっと混んできても、手が触れない位置にいようって」

次に停車した時も振り返ってまた手を見たので、粕谷は自分が痴漢に見えるのかと気分を害して、後ろではなく横にずれた。ところが女は、わざわざ彼の方に寄ってきて、ヒップが右斜め前二十センチにまで迫った。

「わけわかんなくって、ポカンと後ろからその女を眺めてた。肩より少し長い髪がサラサラでさ、シャンプーのＣＭに出るモデルみたいに綺麗なんだ。しかも着てたのがワンピースで、突き出した尻にうっすらパンティラインが浮き出てるじゃないか」

高校二年の粕谷は、それだけでペニスがみるみる硬くなった。まだ童貞で、皮も剝けきっていない頃だ。

彼女は次の駅でも同じように粕谷の手を見ながら下がってきて、ついにヒップが手の甲に触れた。

「とたんに舞い上がったさ。初夏だったからけっこう薄いスカートで、女の尻ってなんて柔らかいんだって思った。心臓バクバク、あそこはもうギンギンだよ。まだ満員の一歩手前だったけど、手を引っ込める気はなかった。だって女の方から、わざと手に触れるように尻を寄せてきたんだから」

痴漢の二文字が粕谷少年の脳裡に浮かんだが、〝してる〟ではなく〝させられてる〟だった。

「女でも痴漢されたいと思う人がいるんだって、十六歳のガキにして女性観がガラッと変わった。男と同じように性欲があって、それを隠さず行動に出る人もいるってことを知ったわけだ」

相変わらず声を潜めてはいるが、粕谷の告白はしだいに熱を帯びてきた。

「それでも最初のうちはまともに触る勇気がなくて、手の甲ですりすりするだけだった。ところが、女の方から尻を押しつけてくるんだ。それがなんかこう、もっと触ってって、せがんでるみたいでさ」

女は誘っていると感じて、粕谷はついに手首を返した。他の乗客の目が気になったから、ちょうど満員になるタイミングに合わせて手のひらで触った。

その一瞬で世界が変わったというか、別の人間に生まれ変わったようだった。

初めて女の尻を触るという行為を、電車内の痴漢という形で体験したのだ。

　ぎっしり満員なので周りを気にする必要がなくなり、思う存分触りまくった。といっても、軽く揉みあやす程度だが、女は気持ちよさそうに腰を揺らめかせていた。女が感じてくれるとうれしい、それを粕谷は初めての痴漢行為で刷り込まれた。

「でも、さすがにスカートをたくし上げて中に手を入れようとまでは思わなかったな。当時はスカートの丈がけっこう長かったということもあるけど、まだ未経験の童貞で、そういう大胆な発想はなかった。スカートの上から触るだけで昂奮しちゃって、いっぱいいっぱいだったよ。いまにして思えば、指入れてぐちょぐちょにかき回しても平気な女だったから、あの時やってれば、それこそ人生変わってたかもな」

　粕谷はそう言って、懐かしそうな目で笑みを洩らした。

「高二でそんな経験したなんて、すごいとしか言いようがないですね。わたしなんか、〝即帰部〟でのんべんだらりの高校生活でしたから」

「でも、それがずっと続いたわけじゃない。そのＯＬは乗る時刻や場所が一定してなくて、たまに乗り合わせるだけだった。もちろん、一緒になった時は混むのが待ち遠しくて、すりすり触って様子を見ながら、満員になるのと同時に揉み回したけどね」

とにかく、触られたがっている女もいることを知ったのが、粕谷の痴漢歴のスタートだった。以来、痴漢できそうな女がいないか、常に周りをさがすようになったという。

初めてスカートの中に手を入れて生下着に触れたのが大学生の時、それから指を挿入するまではあっという間だったそうだ。

「サラリーマンの時は通勤電車が毎日愉しみだったな。営業やってたんで、出先に直行する時にいろんな路線に乗れるのもよかった。失業中にあっちこっち乗りまくったのは、それに味をしめてたからさ」

粕谷はざっと経歴を披露すると、腕時計を見て、そろそろ行こうかと言った。

いよいよだ、と思うと再び緊張が高まった。

4

店を出ると、歩きながら痴漢の基本的な心得を教えられた。

「まず第一に、嫌がる女には絶対やらない。当たり前だが、危ないからな。次に、これは朝も言ったけど、周りにバレないようにするってこと。昂奮するのはいいけど、夢中になってはダメだ。あくまでも冷静でいないと、周りが見えなくなるからな」

「昂奮はいいけど夢中はダメ……なんだか難しそうですね」

「簡単に言うと、夢中にならずに冷静でいれば、引き際がわかるってこと。たとえば、女は許していたとしても、不審に思いはじめた乗客がよけいなことを言って、騒ぎになってはまずいだろ？　痴漢してるって確信がないのに正義の味方ヅラするやつもいるから、常に周囲に気を配っておく必要があるんだ。これは大事なことだから、絶対に忘れないでくれ」

警察に突き出されないためには細心の注意が必要で、捕まるかどうかは、けっして運ではないらしい。

「さすがにプロは違いますね」

「バカ言え。痴漢でメシが食えたら天国だよ」

粕谷は陽気に笑い飛ばすが、正彰は少々不安になってきた。慣れていない自分にそんなことができるとは思えないのだ。

「まあ、最初から全部頭に入れてやるのは無理だな。今日は周りのことはこっちで注意してるし、巧く触れるようにリードしてやるから心配しなくていい」

どうやら不安が顔に出たらしい。

「もしあんたが夢中になってて危ないと思ったら、ストップかけてやるから、その時はすぐ手を引っ込めてくれよ」

「そう言ってもらえると、少し気が楽になりますね」

痴漢歴を聞いて粕谷が五つくらい年下だとわかったが、それでも丁寧な言葉遣いは変わらない。やはりベテランがそばにいてくれると思うと心強かった。

ホームに降りると、先頭車両のあたりは大勢の客でごった返していた。人が多過ぎて列を作るどころではない。

「これはすごい……」

話には聞いていたが、正彰は圧倒されて言葉に詰まった。ほとんどが男性で、全員が痴漢目的で集まっているように思えたのだ。電車を待ちながら、殺気にも似た雰囲気がホームに充満している。

だが、そんな中に女性も数人いるのだ。彼女たちは、周りが痴漢だらけということを知らないのだろうか。あるいは、

――痴漢に触られたくて、わざわざここに来たのか!? 本当にそういう女がいるのか……。

ホームにいる全員が同じ目的で集まっているように思えてきた。みんなが合意の上だったら、どこまで過激な行為が可能になるか。もしかしたら車内でセックスまでできるのではないか、などと勝手に想像が膨らんでしまう。

「ここは初心者には競争率が高過ぎるから、もう少し後ろに行くよ」

粕谷はあっさりその場を離れて手招きした。

確かにここで乗っても正彰にできることは何もなさそうで、自分とは無縁の妄想だったことに気づかされる。

粕谷は並んだ人の列を眺めながら、ゆっくり歩いていく。

先頭から三両目くらいまで移動したところで、そっと耳打ちした。

「ここにしよう。あの女がいい」

目で示した先に、セミロングのウェーブヘアの女性がいた。列からずれたところに立っている。

粕谷は頭上の行先表示を見上げ、乗る電車を確認するように女の横で立ち止まった。正彰もドキドキしながらそばに立つ。

――この女に狙いをつけたのか。

三十代前半と思しき女は、会社帰りのＯＬだろうか。背は明日香と同じくらいかやや低い程度、だが脚が長い。すらっと真っすぐ伸びた美脚を、ストッキングがさらに美しく見せている。

花柄のフレアミニはヒップのラインを隠しているが、むちっと露出した太腿から想像すると、ほどよく熟れた肉づきをしているに違いない。スカートの裾が誘うように広がって、何とも言えず煽情的だ。

女が警戒するようにチラッと粕谷に目をやる。その横顔がさらに正彰を惹《ひ》きつけた。わずかに目尻が下がった、柔らかな雰囲気の媚貌《びぼう》。つい下半身に気を取られていたが、いわゆる男好きのする色っぽい顔立ちだった。とりわけくちびるが肉感的で、艶のある深紅の口紅が欲望をそそる。

――こんな女が会社にいたら、気になって仕事に身が入らないだろうな。

この女が総務部付近を歩く姿を思い浮かべると、下腹がむずむずしてくる。

ベテランの粕谷が狙いをつけたということは、痴漢できそうな女と踏んだわけで、期待はますます大きく膨らんだ。

その時、列に並ぶ人の中に、彼女をチラチラ見ている男がいることに気づいた。

それも一人や二人ではない。

——ここだって競争率が高そうじゃないか。

先頭ほどではないにしても、電車を待つ人はかなり多く、列の後ろがホームの反対側まで届く勢いだ。この状態で巧くやれるのか、急に弱気になってきた。

すると、粕谷が引き締まった表情で振り返った。

「乗り込む時が勝負だから、位置取りは任せてくれ。ただし、割り込もうとするやつが必ずいるから、離されないでぴったりついて来るんだぞ、いいな」

珍しく威圧的な命令口調で言われ、正彰は無言で二度頷いた。

間もなく快速電車がホームに滑り込んできた。周りの空気が張りつめたように感じるのは気のせいだろうか。正彰の体が強張っただけかもしれないが、緊張感は確実に高まっていた。

電車が停車すると、並んでいた人の列がドアを挟んで左右に分かれる。

狙った女は元々列からずれていたので、両側から挟まれる形になって、どちらのドアに向かうのかわからない。

降車が終わり、待っていた人の列が動きだす。女は左側のドアに向かい、それを見て右の列から移動してくる男が数人いて、彼女を狙っていることがはっきりした。やはり競争率は高そうだった。
――本当にこの女でよかったのか……。
ベテランの選択が正しいのかどうか、正彰は初めて疑いを抱いた。

第三章　ショーツの隙間

1

女が歩きだすのと同時に粕谷がすぐ背後について、正彰も遅れまいと続く。数人の男たちもやはり同じだった。

彼らは女が乗り込むタイミングに合わせて、粕谷を押しのけようとした。とりわけ右側にいる坊主頭の若いスーツが手強《てごわ》そうだったが、粕谷は少しも動じることなく、巧みにブロックしながら女を奥のドアへと押し込んでいく。

だが、横に並んだ正彰は左から割り込まれそうになった。

――まずい！

肩を入れて防ごうとすると、脳裡に粕谷の威圧的な言葉が響いた。

『離されないでぴったりついて来るんだぞ』

なおもぐいぐい押されるのを必死にガードするが、今度は背後から押されて前につんのめった。ドアのガラスに両手を突いて、顔面からぶつかるのをかろうじて免《まぬが》れた。

息つく間もなく背後から人の波が押し寄せ、そのままドアに貼りつけられる。すぐ右隣には、同じようにドアに顔がくっつきそうな状態で女が押し込まれ、はからずも密着することになった。粕谷は女の真後ろにいる。

発車のサイン音とともに、後ろからさらに強く押されて苦しくなった。殺人的な混み方だ。三両目でこの混雑なら先頭はどれほどか、想像するのも恐ろしく、痴漢どころではない気もする。

だが、ガラスに映った女の顔はさほど苦しそうではなく、やけに落ち着いて見える。

後ろにいる粕谷を見て、なるほどと納得した。ドアに右手を突っ張って、彼女が苦しくないようにしているのだ。

というより、触りやすいように少し隙間をつくろうというのだろう。しかも、その手で坊主頭の若いスーツをブロックしながら、鋭い目で睨みを利かせている。

ガラスに映ったその顔は、これまで正彰に見せていた人懐っこそうな粕谷とはまるで別人だ。坊主頭を躊躇させる凄みがあり、場数を踏んでいるだけではない何かを感じさせる。

電車が動きだしたとたん、粕谷が今度は左に睨みをくれた。正彰の真後ろにいる男だ。よく見えないが、同年輩の会社員らしい。

二人の手が正彰の尻のあたりでせめぎ合い、女のヒップを触ろうとするのを粕谷が阻んでいる。睨みが利いたのか力で勝ったのか、背後の男はほどなく諦めたようだ。

ところが、女を独占する勢いだった粕谷なのに、彼自身はどうも触ってはいない様子で、むしろ痴漢から女を守ろうとする、正義感の強い男を演じているようだった。

彼の思惑がなかなか理解できなかったが、他の乗客を蹴散らしているのは間違いないので、正彰が触るのを誰にも邪魔させまいとしているのかもしれない。

——それならありがたいが、こんな体勢でオレはどうすりゃいいんだ？

ドアに押しつけられた状態で、両手は圧迫を免れるために胸部をガードしていて動かせない。

――そもそも、この女は触っても平気なのかどうか……。

正彰が予想というか、希望的に考えていたのは、まず粕谷にベテランのテクニックで女を感じさせてもらって、それから自分も触るという、今朝と同じようなパターンだった。

手前勝手と言われればそれまでだが、たとえ彼が邪魔が入らないようにお膳立てしてくれても、痴漢できるかどうかわからない女に、初心者の自分が一人で挑むのは冒険が過ぎるだろう。

おまけにこの窮屈な体勢だ。まさに手も足も出ない状態で、正彰はだんだんと諦めムードになってきた。

にもかかわらず、女の体はぴったり密着していて、右腕から脇腹、太腿に触れる柔らかな肉感が何とも悩ましい。思い描いた通りの熟れた女体を感じさせる。蛇の生殺《なま》しとは、まさにこのことだ。

ドアに映った女を見ると、チラッと目が合ってしまい、慌てて逸らした。が、少なくとも接触を嫌がっているようには見えなかった。

――せめて股間が当たっていればなあ……。

たとえ手で触れなくても、それなら充分気持ちよくなれる。明日香のヒップに押しつけた今朝の快感が懐かしく思い出された。

そうこうしているうちに、電車が揺れるおかげでぎゅう詰め状態が緩み、少しだけ体が楽になった。ドアに当てている手を下におろして、女の太腿に触ることができそうだ。

だが、いざ行動に移すとなると、やはり迷いがあった。

——ほんのちょっと触れて反応を見るか……それとも、とりあえず手を下にやって、それでどの程度警戒されるか様子を見た方がいいのか……。

いろいろ考えてみるが、かえって踏ん切りがつかなくなる。

しばらく逡巡が続いて、ふと見ると女は目を閉じていた。何だかうっとりしているようでもある。

それで正彰は、後ろの粕谷がいつの間にか女の尻を触っていることに気がついた。軽く触れて、すりすりしているようだ。

期待した通りになって、とたんに胸がわくわくしてきた。

気持ちよさそうな女の表情を見て、さすが手慣れたものだと感心させられる。

『女を感じさせなきゃ一人前とは言えない』

自信に溢れた粕谷の言葉が脳裡をよぎった。女の尻を軽くさするタッチは、手触りを愉しむだけでなく、気持ちよくさせる意図がありありだ。明日香もこんなふうにされて、拒めなくなったに違いない。

豊かなバストも心地よさそうに波を打っている。白いシャツを透かして薄紫、もしくは水色のブラジャーがうっすら見えている。先端がドアに当てた手に触れていて、息を吸ったり吐いたりでシャツの張りが微妙に変化する。見ているだけで柔らかな量感が伝わってくる。

彼女が目を閉じているので、何の遠慮も要らない。シャツの襟が大胆に開いて、露わになっている双丘の白い裾野も間近に見下ろせる。

すっかり覗き見気分でいると、粕谷に尻をツンツン突っつかれた。ドアに映った彼は、女の方へ目配せする。

どうやら〝GO〟の合図らしい。肩越しに胸を覗き込むようにするので、バストを触れと言いたいのだろう。

迷っていた止彰は、背中を押される思いで、ドアのガラス伝いに右手をそろりと近づけた。

にわかに鼓動が速まり、音が聞こえそうな激しさで脈を打つ。緊張で手が震えだした。

——落ち着け……大丈夫だから、落ち着け……。

後ろに強力な味方がいることを思い、ゆっくり手を進める。震えはなかなか治まらないが、待っていたらどんどん時間がたってしまうだけだ。

勇気を奮ったつもりが、バストの円みに触れる寸前でつい慎重になってしまい、手が止まった。

気を取り直そうとした深く息を吸ったとたん、ぐらっと揺れて優美なカーブの側面に指が触れた。ほんの軽くタッチしただけなのに、柔らかな弾力を感じて正彰は舞い上がった。

見ず知らずの女のバストに触っている——そのことに心が躍り、迷いはなくなった。バストのトップは彼女の手の甲に埋まっているが、そこに触れられたら最高だと、気持ちがどんどん先走る。

円《まろ》やかな側面を撫でてみるが、昂奮と緊張のせいで手つきがどうもぎこちない。学生時代、初めてペッティングを経験した時より拙《つたな》いと、妙なことを思い出した。

だが、昂ぶりはそんなことで退《ひ》いたりせず、股間がうずうずして、いっそのことドアにでも押しつけたいくらいだ。

ふいに女が目を開けて、ガラス越しに正彰を見た。思いきり目が合ってしまい、睨まれた気がして咄嗟に手が引っ込んだ。背筋をツーッと冷たいものが走る。

女はまた静かに瞼《まぶた》を閉じた。

いまのは何だったのか、正彰の頭がフル回転で女の気持ちを推し量る。もしかして、触られる場所によって可否があるのだろうか。後ろはOKだが前からはNG、ということならわかりやすいが、

――尻はよくて、オッパイはダメなのか？

今朝初めて痴漢を経験したばかりの超初心者に、触られた女の心理など理解できるはずもなかった。

不安が募って再びチャレンジできずにいると、ドアに映った粕谷が目でけしかける。人懐っこい顔に戻って、大丈夫だから行けと言っている。

ベテランの彼は確信があって触っているのだろうが、たとえば上手な痴漢は気持ちいいから許すが、下手な初心者はお断り、ということはあるかもしれない。

つまり、彼女の目は〝よけいな邪魔はしないでちょうだい、せっかく気持ちよくなってるんだから〟という意思表示だったのではないか。

さきほどの昂奮はどこへやらで、自信のなさがマイナスに働いて、正彰の躊躇

いは消えない。

するとと、彼女がまた目を開いて、チラリと正彰を見た。睨んでいる感じではなかったが、感情が籠っていなくて、かえって不気味だ。

——なんだよ、やめたんだからいいじゃないか。いつまでもそんな目で見ないでくれ。

手を引っ込めたのになぜ、という不可解な思いが燻《くすぶ》っている。また触ってこないように前もって牽制したのかもしれないが、正彰はそんなそぶりは少しも見せていないのだ。

ふいに頭の中で、もやもやした何かが騒ぎだした。やがてはっきりしてきたのは、自分は何か思い違いをしてないか、ということだった。

2

それは突然、天啓のように閃いた。

——もしかして……。

いまのは〝もうやめちゃうの？〟という意味ではないのか。そう考えると辻褄が合いそうだ。

粕谷はしきりにけしかけている。頭をまったく動かさないで、目だけ合図を送ってくる。

もう一度背中を押されたようで、正彰は慎重に女の方へ手を伸ばす。胸のドキドキが激しくなった。

彼女はその手に目をやるが、何事もなさそうに瞼を閉じた。

——イケる！　大丈夫だ！

ようやく確信を得て、バストに軽く触れることができた。案の定、彼女は逃げることなくジッとしている。

心臓はますます高鳴って、息苦しさを覚えるほどだ。いきなり目の前が開けた歓びは大きく、逸《はや》る気持ちを抑えるのは容易でない。

正彰は膨らみの側面にぴたっと手を添わせ、電車の揺れに合わせてさすってみた。擦るだけでなく、ちょんちょんと押したりもする。

ブラジャーは豊かな乳房をしっかり包んでいるが、その割にあまり厚みはなさそうで、柔らかな弾力感が揃えた指の背をくすぐる。下から押し上げると、カップの中で柔肉がむにゅっと形を変えた。

ドアに手が映ってしまうとまずいのであまり上まで触れないが、乳房の量感は下からの方がより愉しめる。

少し強めに押してみると、ドアに当てている彼女の手に指が触れた。

微電流のような軽い痺《しび》れを感じてハッとなった。

彼女も目を開け、手を引っ込めてしまった。

一瞬、嫌がって引っ込めたのかと思ったが、手に残ったままの柔らかな感触が良い方に解釈させる。

――自由に触っていいってことか……。

ドアとのわずかな隙間に遠慮なく誘い込まれ、ふくよかな円みを手の甲でなぞってみる。乳房の形状を頭に描きながらじわじわ這い上がると、指先がトップまで届いた。

――デカいオッパイだ！　ああ、揉んでみたい！

彼女がドアにバストを押しつけてきたので、正彰の手はすっぽり隠れてしまった。手のひらでないのは残念だが、おかげで右に左に、下から上に、豊かなバストを存分に擦り回せる。

ドアに映る車内を見て、誰にも気づかれていないことをあらためて確認した。

乗車前に粕谷に言われたことを実践できている。正彰にとってそれは、何よりも誇らしいことだった。

おかげで緊張はやや治まってきたが、痴漢行為がステップアップしていると感じて昂奮に拍車がかかっている。

間もなく電車はスピードを落とし、停車駅に着いた。

かなりの人数が降りて、また乗ってきた。さきほど乗車時に粕谷に蹴散らされた二人は降りてしまったが、他のドアから乗って別の女にチャレンジするのかもしれない。

女は正彰と一緒にドアに貼りついたままだった。乗り降りで人が動いている間も、正彰はもぞもぞ手を動かした。彼女もされるままになり、他人の目を盗んで淫行に耽っていることが、走行時よりむしろ強く意識された。

粕谷は彼女の真後ろをキープして、乗客の入れ替わりに気を配っている。幸いなことに正彰たちの周りに鼻息の荒そうな男はいなくなり、混み具合はほんの少し緩和された。といっても満員状態に変わりはない。

ドアが閉まるのと同時に、正彰はまた縦横に擦りはじめた。ずっと接触したままなので、指がやや汗ばんできた。彼女の体温で包まれているせいだ。

先端付近をすりすりやっていると、ぽつんと硬いものが触れたような気がした。

——乳首が立ってきた!?

だが、はっきり乳首と確認できるわけではない。触れているのが指の腹ではなく爪の部分なので、感覚が鈍いのが何とも悩ましい。

注意してさぐっているうちに、女の様子に変化が現れた。しだいに俯き加減になり、くちびるを少し開いて吐息を洩らすようになったのだ。うっとり目を閉じて、気持ちよさそうにしている。

お互いの二の腕がぴったり触れ合っているので、たまに体が強張るのも伝わってくる。

——感じてる。間違いない！

粕谷だけが触っていた時よりも、それがはっきりわかる。女を感じさせないと一人前ではないと言った、彼の言葉が再び脳裡をよぎった。

正彰はいっそう誇らしい気分になり、指先に神経を集中させた。

さきほどの位置を入念にさぐると、突起に触れている感じはするものの、やはりはっきりしない。

だんだんもどかしくなり、手のひらで触りたい欲求が高まった。左手を右側まで伸ばして何とか触れないものかと思う。横並びの体勢では厳しいかもしれないが、試してみる価値はあるだろう。

いったん左手をおろし、ゆっくり彼女の方へ移動させてみる。

ガラスに映らないよう、できるだけドアに肩を寄せる。

慎重に動いたつもりだったが、左側にいる中年女性が不審に思ったらしく、チラチラ正彰を気にしはじめた。

慌てて手を止め、しばらく様子を見る。

疑いが解けるのを待って再び動きだしたが、胸のドキドキはまだ続いている。

ゆっくり持ち上げていってバスト付近まで近づくと、いよいよ右手を引っ込めて交代だ。

そこで彼女もようやく気がついた。伸びてきた左手を見て正彰の意図を察すると、ドアのガラスで背後を確認する。

周りにバレないようにするのは相手の女のためでもあると、粕谷が言っていた。触らせてくれる女性でも、やはり他の乗客には知られたくないらしい。

粕谷も後ろで周囲に気を配ってくれているが、彼自身はもう触ってはいないようだった。正彰が行動に出やすくするために、先に尻を触っただけかもしれない。

右手を引っ込めたのと入れ替えに、左手を忍ばせるが、さすがに手のひらで触るとなると、また指が震えてしまってすんなり行かない。

ゆっくり深呼吸しながら、そろりそろりと進める。

指先に柔らかいものが触れ、さらに先へ差し入れると、むにょっとした夢のような触感が手のひら全体に広がった。

——さ、触れた！　ちゃんと届くじゃないか！

真横に並んだ女の胸を鷲摑みにするなんて芸当が、まさか自分にできるとは思わなかった。難しい体勢であるだけに、歓びもひとしおだ。

早速、下から支えるように摑んで、豊かな量感を確かめる。やんわり揉んでみて、あらためて大きさと柔らかさが実感できた。Dカップか、あるいはEかもしれない。手に吸いつくような弾力がなまなましい。

やはり手のひらで触らなければ痴漢の醍醐味は味わえないと、いっぱしのことを考えてしまうが、今朝の明日香にしても、この女にしても、実際に経験してみてつくづくそう思うのだ。

揉みあやしながらバストのトップをさぐると、指先にぽつんと突起が触れた。思った通り、乳首は立っている。着衣の上からはっきりわかるくらいだから、かなり大きいのかもしれない。

これだ、と思って擦ったとたん、彼女の肩がびくっと動いた。快感の鋭さを物語る素早い反応は、電源スイッチが入ったかのようだった。

——そんなに気持ちいいんだ。

うれしくなってさらに繰り返すと、粕谷がまた尻を突っついた。今度はかなり強かったので驚いて見ると、咎めるように眉根を寄せて、視線を左右に振る。周りに気をつけろということらしい。

確かにさっきの中年女がまた彼女と正彰を気にしている。彼女の右側の男は背を向けて手摺《てす》りに摑まっているが、やはり後ろを気にしている様子だ。

彼女の反応が大きかったせいだが、昂奮のあまりつい調子に乗ってしまって粕谷の教えを忘れていた。

心を落ち着け、また少しおとなしくしていると、ほどなくして疑惑の目も治まったようだ。慌てず気負わず、他の乗客だけでなく、彼女の反応にも注意しながらバストをまさぐることにした。

勢いに任せて触りまくるのではなく、たわわな肉感や柔媚な弾力を愉しみながらやんわり揉みあやしてみる。そうやってじっくり触るのもなかなか良いものだった。

そのうちに彼女は、気持ちよさそうに体を預けてきた。電車の揺れとともに感じる女体の重みは何とも心地よい。

正彰の手つきはますますやさしく、丁寧になった。痴漢しているのに愛撫感覚に近いものがあって、見ず知らずの女が恋人か愛人のように思えてくる。

だが、公共の場で淫らな行為に耽っていることに変わりはなく、スリリングな愉悦が背筋をぞくぞくさせる。

乳首はもういきなり強く擦ったりはしない。軽くすりすりしてから、さあ行くぞという感じで刺激を強めていく。

彼女はせつなげに正彰を見つめ、すぐに目を伏せた。ほんの一瞬だったが、潤むような瞳が脳裡に焼きついた。熟れた女の色香を感じさせる目だった。

くちびるが少し開いて、温かな吐息でドアのガラスが丸く曇った。

なおも擦り続けると、俯いてドアに額を押し当てた。上半身をかなり強張らせているので、さっきのように体がびくっと反応するのを抑えているのかもしれない。

だが、見ようによっては、車内の混雑を苦痛に感じているようでもあった。そこで正彰も、いかにも息苦しそうな感じを装って、上を向いてオーバーに顔を顰《しか》めてみた。

後ろで見ていた粕谷が、ニヤニヤ笑いたそうなのを堪えている。なかなかやるじゃないか、とでも言いたげな表情だ。

そういうところまできちんと見えていることを意識すると、今朝、初めて痴漢を経験したばかりなのに、みるみる習熟している感があって自信が湧いてくる。

だが、それで欲が出たのも確かだった。

——これだけやれたんだから、アソコを触っても平気だろう。

この状況でそんなことを考えたら、思い留まれるはずはなかった。

3

正彰はバストを揉みあやしながら、空いた右手を女の太腿にあてがって様子を窺った。太腿といっても付け根の部分だから、鼠蹊部の脇といった方がいい。

手の甲でそっと触れてもこれといった反応はないので、そろりと撫でてみる。

フレアミニが指に纏いつき、太腿を直接撫でているみたいで、肉の張り具合がよくわかる。

彼女は額をドアにつけたまま、わずかに正彰の方を見た。触れ合っている腕に少し力が入ったが、拒もうとする気配はない。なおも撫で続けると、脚をもぞもぞさせて落ち着かない様子だ。

——アソコを触ってもいいですか……いいですよね……誰にも気づかれてないから、かまわないよね……。

心の内で伺いを立てながら、ゆっくり手首を返していった。といっても手のひら全体ではなく、指でそろりと触るだけだが、それでも胸のドキドキ感がまた激しくなった。

小指が彼女の手に触れてドキッとした。今度は微電流のような痺れは感じなかったが、彼女がその手を引っ込めてくれないと、秘めやかな部分は触れない。

進もうか待とうか迷いながら太腿を撫でていると、左手がバストに触れたまま止まっていることに気づいた。下半身に気持ちが向いて、胸の方が疎《おろそ》かになっていたのだ。ずいぶん手慣れてきたつもりでいたが、まだ一度に両方というのは難しいのかもしれない。

——オッパイは堪能したから、とりあえずもういいか……。

そう自分を納得させて、下半身に集中することにした。左手はお役御免で下げてしまう。

すると彼女も、ゆっくり手を退《の》けて前を空けてくれた。下半身に狙いを移したのが伝わったようだが、受け容れてもらえたというより、逆に誘われているようでもあった。

正彰は昂ぶりを抑えつつ、太腿のカーブに手を這わせる。ぴったり隣り合った状態から、腕だけを彼女の前に割り込ませる。たわわなバストが二の腕をむにっと圧迫する。

脇から前に回り込んで鼠蹊部の窪みまで進むと、ショーツの端に触れた。思いのほか手触りがはっきりしている。

——たしか、パンスト穿いてたはずなんだが……。

ホームで目にした記憶を辿ってそう思った。

だが、指先には間違いなく下着のゴムの感触がある。ラインをなぞってさらに確信した。ストッキングのざらつきがまったく感じられない。

——そうか。森宮と同じ、太腿までしかないやつだ。

今朝の明日香もキュロットの下は直接下着だったが、出社してから確認したら、ちゃんとストッキングを穿いていた。それで太腿までのストッキングだとわかったのだ。

写真や映像でしか見たことがないが、最近の若い女性はそういうタイプをけっこう穿くらしい。夏場は蒸れなくていいのかもしれないが、痴漢にはお誂《あつら》え向きだ。というか、触られたい女は好んで穿くに違いない。

正彰はさらにその先へ手を這わせ、鼠蹊部の窪みを越える。秘めやかな丘に到達したとたん、彼女の太腿がひくっと震えた。ついに股間に触ることができて、舞い上がる思いで頭の中が真っ白になりそうだ。

ぷくっと盛り上がった恥骨の硬さと、それを覆う秘丘の肉の柔らかさがなまなましい。スカートの中が直接下着だからこその手触りだ。

指先でぐるぐる円を描くと、下着まで纏いついてくるようだ。微かに性毛のざらつきも伝わる。しかも、丘全体がじわっと温かく、その奥はさらに熱をはらんでいる。

──今度は前からだから、森宮の時よりすごいことができそうだ。

スカートをめくり上げれば生下着だとわかっているので、気持ちがどんどん先走って頭がクラクラする。心臓もバックンバックン高鳴って、ここがクリトリスかと思うあたりを擦ると、またもや手が震えだした。

——落ち着け……落ち着けば平気だから……。

慌てて手を引っ込め、そう言い聞かせる。

拳を強く握ったり緩めたりを繰り返すと、何とか震えは治まった。すかさずフレアの膨らんだ部分を指で摘まみ、静かに持ち上げる。

だが、手の中に握り込もうとしたところで震えがぶり返し、摘まんだスカートを放してしまった。

震えはすぐに治まるが、スカートを摘まむとまた起きるので、巧く手繰ることができない。しだいに焦りが強くなる。せっかくバストを揉んで気持ちよくさせたのに、

——これでは慣れてないのがバレバレだ……。

さっき乳首を攻めた手つきも自分が思うより稚拙だったのでは、などとマイナス思考がさらに焦りを生む悪循環に陥った。

嫌な汗が背中に浮いた。

女がチラッと正彰を見たが、目を合わせられずに俯いてしまう。

突然、スカートがするすると勝手に持ち上がって、直に太腿の肌に触れた。

――……えっ⁉

一瞬、何が起きたのかわからなくて頭の中ががらっぽになる。

ふとドアのガラスに視線を感じて目を上げると、粕谷がくちびるの端をニヤッと歪めて笑った。

それでようやく、彼がスカートを捲り上げてくれたのだと理解した。もたもた時間がかかっているので助け船を出したのだろう。

いったん素肌に触れてしまうと、霧が晴れるように緊張が解けた。不思議なもので、手の震えもぴたりと止まっている。

彼女とも目が合ったが、濡れた瞳で色っぽく見つめられ、淫らな欲求が堰《せき》を切ったように溢れだした。

自然に指が這い進んで、ショーツの端に届いた。つるんと滑らかで薄そうな感触に心が躍る。丘をひと撫でてすると、秘毛のザラザラ感が驚くほどはっきりした。思った以上に薄いショーツかもしれない。

秘丘もさらに柔らかく感じられ、円を描く指先にまつわるようだ。つい力が入ってしまい、ぐにゅっと歪んで手触りがいっそう淫靡なものになった。

女の瞳がいっそう潤んでうっとりする。煽情的なくちびるが、熱い息遣いを感じさせるように、うっすらと開いている。

丘を円く撫でながら、しだいに谷に向かって移動する。セックスの前戯ではごく普通の手順なのに、電車内というだけでどうしてこんなに昂奮をかき立てられるのだろう。

クリトリスはこのあたりかと予想する位置に届くと、女の腰がわずかにくねった。感じてくれるのはうれしいが、あまり動かれてはまずい。それは乳首の時に身に染みてわかった。

粕谷が『女を感じさせなければダメ。できればイカせたい』と言っていた、〝できれば〟の意味が、何となく理解できてきた。つまり、〝可能な限り〟ではなく、〝状況によっては〟ということなのだろう。

今朝のように数人で囲んでいる場合、アクメに達しても声さえ抑えれば周りの乗客に気づかれる心配はない。だが、いまはちょっと難しい。体が動けば右横の男にバレるのは必至だからだ。

それならイク寸前まで高まってほしいと思い、正彰はショーツの端に指先を押し込む。変に力が入って指が攣りそうな不安もあったが、何とか細いゴムを潜ることができた。

秘丘の麓に着くと、ザラッとした触感が正彰を迎えてくれた。

——毛だ！　アソコの毛に触った！

それだけでセックスとは比べものにならない感動が胸に押し寄せる。

女はすっかり目を閉じてドアにもたれている。正彰も同じようにもたれかかり、息苦しそうに上を向くが、ついつい鼻息が荒くなるのを抑えなければいけない。

さらにショーツの中へと這い入って、もさっと茂った丘の上に出た。専用の遊び場を与えられた子供のように、歓び勇んで撫で回すと、じょりっとした縮れ毛のなまなましさが指に纏いついた。ずいぶんと毛足が長く、彼女のエロチックな魅力をいっそうかき立てる。

毛叢《けむら》の下の地肌がやけに熱い。だが、それ以上の熱気が谷底の方から湧いている気配がする。

もこっと突き出た丘を越えたところで毛叢は薄まって、指先に湿った肉が触れた。早くも熱帯雨林の予感だ。

——これは、すごいことになってるんじゃないか？

正彰は血気に逸る若者のように先を急ごうとした。

ところが、指が届くのはそこが限界だった。もっと腰を落とすことができればいいのだが、ドアが邪魔になって膝を曲げられないのだ。

ぬかるんだ湿地帯を目前に足止めを食らってしまい、もう少し背が低かったらと思わずにはいられない。ここまで来て、またもや蛇の生殺しだった。日の前にぶら下がる獲物が素晴らしいだけに、焦れったいことこの上ない。

これではせいぜい生い茂る性毛をかき回し、秘丘をこねるくらいしかできないのだが、焦らされている気分でかえって昂奮してしまい、ペニスはついに下腹を圧迫するまで硬く反り返った。

数年ぶりの怒張を朝夕二度にわたって経験すると、できれば射精したい気分だが、もちろんこんなところでは不可能だ。

──降りたら駅のトイレでシコッてみようか……。

オナニーなんて何年ぶりだろうと、正彰は焦れる思いで振り返る。

女がまた腰をくねらせた。気持ちよくて勝手に動いたのと違って、やるせなさそうなので、彼女も焦れったいのかもしれない。

粕谷はずっと周囲を警戒してくれているが、自分では触っていないようだ。最初に彼女の尻を触ったのも、スカートをずり上げたのも、正彰がやりやすいように助けただけであって、最後まで痴漢補助に徹するつもりらしい。

最後とは彼女が降りる時か、それとも終点か――この生殺しがいつまで続くのだろうと、毛叢をかき混ぜながら考えたのだが、次の停車駅に着くと、状況はがらりと変わることになった。

4

電車がスピードを落とすと、ドアのすぐ外にホームが見えてきた。

――こっちのドアが開くのか。

あまり利用しない路線なので、そういうことは憶えていなかった。

正彰は指先に秘毛の名残を感じながら、下着の中からとりあえず手を退《ひ》いた。いったんヘアをいじるところまで行ったからには、走りだして再び下着に潜らせるのは容易なことだ。

今朝の粕谷たちを思い出してスカートを整えてやると、電車が停まって目の前のドアが開いた。

改札からかなり離れた位置だったので降りる人はいないかもしれない、と思ったとたん、「すいません」という声とともに、後ろから押された。

降りる人が一人いて、その拍子にホームに出されてしまった。

振り向くと、ドアぎりぎりのところに横一列で隙間なく乗客が並んでいる。正彰だけが押し出されたのだ。

粕谷と女が寄り添うように隣り合っている。

女は困ったような心配するような、何とも微妙な表情をしている。粕谷は自分の背後を気にしている。少し下がって正彰が乗るスペースを作ろうというのかもしれない。

だが、発車のサイン音が鳴ると、粕谷は女との間をはんの少し空けて、〝ここに乗れ〟と目で合図した。正彰はすかさず横向きになって、わずかな隙間に体を捻じ入れる。

ドアが閉まる前に乗り込もうと必死になると、硬く膨張した股間が女の太腿に当たった。気持ちよくてつい押しつけてしまい、サイン音が鳴り終わった時には、半身で股間がぴったり密着した。

意図したわけではなかったが、結果は願ってもない体勢に落ち着いた。

――横から抱きついてるみたいだ……。

女の横顔が目の前にあり、二の腕が正彰の胸に埋まっている。下げた左手は粕谷の側にあるが、右腕は折り曲げた状態で行き場を失くし、彼女の肩甲骨に触れている。

電車が動きだすと乗客がいっせいに後方に傾いて、彼女のむちっと張った太腿が肉棒を圧迫した。反射的に足を踏ん張ることで、正彰も股間を押しつけていた。すぐ元に戻って安定したが、押しつけはそのまま継続している。車両の揺れのおかげで、亀頭から睾丸までゆらゆら波のような刺激に包み込まれる。

――こ、これは……！

今朝、明日香の尻に押しつけた時を上回る快感にうっとりしてしまう。亀頭はもちろんだが、タマがやんわり揉まれるのが思った以上に気持ちいい。

揺れに合わせて腰を蠢かせると、彼女も同じように揺らぎながら、くちびるに微かな笑みを浮かべていた。卑猥な接触を、彼女も愉しんでいるようだ。

試しに腰の動きを止めると、彼女が太腿でマッサージしている状態に近くなり、猥褻感がぐっと高まった。股間をそっと迫り出しているだけで、秘密のサービスを受けられるのだ。

横揺れがちょっと大きくなった瞬間、ペニスがぐりっと揉まれ、甘美な衝撃が走った。心地よい脈動とともに粘液が洩れたのがわかった。

――あっ、マズイ……。

勃起してからしばらくたっているので洩れる量も多かったが、それより射精欲が兆したことに焦った。この刺激的な密着状態が続けば、遠からず発射しそうな危うさを感じたのだ。

だからといって体勢を変えたくはない。初回から絶好の機会に恵まれた幸運を自ら手放すのは、あまりにも馬鹿げている。危険なレールをひた走っている気はするが、止まれそうにない自分がいる。

ペニスが脈を打って再び洩れた直後、彼女が太腿をずらしたので刺激が弱まった。ところが、今度は手で直接触ってきた。

――嘘だろ⁉ そ、そんなこと……！

しかも、指先と爪を使って掃くように撫でられ、快感の針が大きく振れて肉棒の反りが強まった。

彼女はさらに、やさしい指使いで先端部分をいじり回した。亀頭の段差をなぞったり、裏筋を擦ったり、ズボンの上からでも敏感なポイントを的確に捉え、極上の快美を送り込んでくる。

何てことをするんだと思ったが、意外な痴女の反撃に、本音では歓喜の雄叫びを上げてしまう。

肛門をぎゅっと引き締めるだけではだんだん間に合わなくなり、粘液洩れが断続的に繰り返される。

ふいにペニスが大きく脈を打ち、危険を察知して反射的に腰が退けた。だが、逃げられる体勢ではなく、その意志もなかった。すぐ元に戻って甘美な指戯に怒張を委ねる。

女の絶妙なタッチによって、正彰はとうとう限界に追い込まれた。

——やばい、出そうだ……あっ！

鋭い快感とともに、目の奥で白い閃光が弾ける。

肉棒が力強く反り返り、温かな樹液がブリーフの中に広がる。

すかさず女の指が竿を包んで、痙攣が何度か続くのを確かめる。

極楽にいるような至福の時間は、しだいに現実的な悪夢に変わっていった。下着の生温い感覚が、ひどく匂うように思えてならない。

女はそんなことなどお構いなしで、なおも股間をさすっている。

やがて停車駅に着くと、とにかく後始末をしなければと思い、粕谷に〝降ります〟とだけ告げて、開いた反対側のドアに向かった。

粕谷は彼の切迫した表情で事の次第を察したようで、ニヤリと笑って頷いた。

急いで階段を降りると、すぐ近くにトイレがあった。

個室に駆け込み、ノリーフに付着した精液の後始末をする。ペーパーで丁寧に拭い取ったが、染み込んでしまったものは仕方がない。残った匂いも諦めるしかなかった。

取り急ぎ始末を終えて個室を出た。粕谷も電車を降りてトイレに来ているかと思ったが、いなかった。たぶんトイレの入口で待ってくれているだろうと思い、手を洗って外に出た。

第四章　優美な起伏

1

トイレから出ると、入口の近くにさっきの女が立っていた。ばったり鉢合わせした正彰は、足が竦んで動けなくなった。彼女がジッと睨みつけてきたのだ。

——な、なんでだ……OKだったんじゃないのか!?

一瞬、走って逃げようと思ったが、どっちへ走ればいいかもわからず、踏ん切りがつかないまま気ばかり焦ってしまう。

女が一歩前に出て、正彰は気圧《けお》されて後退《あとじさ》った。

無言で向かい合う二人を、通る人が不審げに見ている。どうかしたのかと、よけいな首を突っ込まれたらさらに厄介だ。

心まで竦んで焦っていると、後ろからトントンと肩を叩かれ、心臓が飛び出しそうになった。

「お疲れさ～ん」

お気楽そうな声に振り向くと、粕谷が笑っている。

「気持ちよくて我慢できなかったのか。まあ、それもしょうがないか」

場違いなことを言って女の方を見るので、つられて向き直ると、女は打って変わって色っぽい微笑を見せた。

正彰はわけがわからず呆然とするばかりだ。

「彼女は遠山紗緒里《とおやまさおり》さん。ちょっとした知り合いだ」

粕谷に紹介されてますます混乱する。二人は顔を見合わせて笑っている。

「痴漢が縁で知り合ったんだよ」

そっと耳打ちされて、何となく事態が呑み込めそうな気がしたが、彼はさらに詳しい事情を説明してくれた。彼女に痴漢したのをきっかけに、その後も駅で待ち合わせてプレイを愉しむようになったそうで、今日は正彰に痴漢体験させるために協力を頼み、示し合わせてあの場所から乗ったのだという。

他の痴漢をしっかりブロックしたのも、自身は補助に徹したのも、すべては正彰が彼女に痴漢しやすい状況を確保するためだった。そう聞かされて、すべて納得がいった。

だが、本格的な痴漢体験に昂奮した正彰の心情としては、複雑なものがあった。触っても平気かどうかドキドキしたことや、自分から触れた歓び、手が震えるほどの緊張感、秘毛に触ることができた感動、それらがまったく無意味とまでは言わないが、味わった昂奮や歓喜が色褪《いろあ》せてくるのは確かだった。一人で相撲を取っていたような虚しさを感じなくもない。

それでも経験できたことは無駄ではないだろうし、本当に見ず知らずの女性が相手だったら、粕谷が一緒にいてもあそこまでできたかどうか、という思いも一方にあった。

「なんだ、〝仕込み〟だったとわかって拍子抜けしたのか」

「いえ、そういうわけじゃなくて……」

「わたしはけっこう昂奮したわ。真剣なのが伝わってくるから、こっちもそういう気になっちゃうのね」

肉感的なくちびるからこぼれ出るハスキーな声は、見た目のセクシーさをさらにアップさせる。

「ずいぶん濡れたんじゃないのか」

「ふふ……」

紗緒里は粕谷に笑みを返し、正彰にも艶っぽい流し目を送ってよこした。その瞳に享楽的な匂いを感じるのは、粕谷と痴漢プレイを愉しんでいると聞いたからだろうか。

「それにしても狙われやすい恰好だよな。フレアミニなんて、手を入れてって言ってるようなもんだ」

粕谷はあらためて紗緒里のスタイルを眺めながら、ニヤついた顔になる。確かに色っぽい彼女がフレアミニでホームに立っていたら、痴漢に目をつけられるのも当然だろう。

「仕方ないでしょ、こういうことになるとは思ってなかったんだから。前もってメールをもらってたら、もっとおとなしい服にしてたわ」

「ということは、今日はエジキちゃんになるつもりだったのかな」

「さあ、どうかしら」

紗緒里は含みのある目ではぐらかした。

もし粕谷の呼び出しがなかったら、挑発的なこの恰好で、一人で満員電車に乗るつもりだったのか。それで痴漢に遭ったらどんなことをされるだろう――粕谷の口から出た〝エジキちゃん〟という言葉が淫らな想像をかき立て、正彰の胸は妖しく騒いだ。

「まあ、急な呼び出しになったのはしょうがない。なにせこの人と知り合ったのが今朝なんだから」

粕谷が朝の電車で乗り合わせたことを掻い摘んで話すと、紗緒里は興味津々といった様子で正彰を見つめていたが、痴漢した相手が同じ会社の女性だと聞いてさらに目を輝かせた。

正彰は話題が自分に集中しそうな気配を察して、そろそろ暇《いとま》を告げた方がよさそうだと判断した。

それに二人の関係は電車でプレイを愉しむだけではないだろうから、これ以上一緒にいたら邪魔になると思ったのだ。

「お二人はこれからどうするんですか」

「べつに、それは考えてなかったけど」

粕谷と紗緒里は顔を見合わせた。本当に予定を決めてなかったらしく、お互いに〝どうする?〟と目で問いかけている。

「では、わたしはここで失礼します」

「もう帰るか。じゃあ、近いうちまた会おう。次は真剣勝負に挑戦してみるのもいいかもな」

「そう、ですね。あとでメール送ります」

粕谷たちに軽く礼をして別れ、I駅まで戻ろうとすると、エキナカの店が会社帰りの人たちで賑わっているのが目に入った。

――晩飯に弁当でも買って帰るか。

一人で外食するより、のんびりテレビを見ながら家で食べる方を選んで弁当をさがしに行く。

妻が家を出たことをすんなり受け容れている、そのことに何の不思議も感じなかった。今日一日の出来事は、妻のことでくよくよ考えそうな自分を吹き飛ばすくらい衝撃的だった。

それにしても、粕谷がお膳立てして紗緒里も了解していた状況で、果たして本格的な痴漢体験だったと言えるのか――あらめて自問しながら歩いていると、後ろから呼び止められた。

「小城さん。どちらにいらっしゃるの？」

紗緒里だった。後ろを見ても粕谷はいない。

「よかったら、もう少しつき合っていただけないかしら」

「粕谷さんは、いいんですか」

「あの人はループするって言って戻ったわ」

「ループ？」

「混雑する時間帯に同じ区間を何度も往復することを〝ループする〟って言うの。他にもいろいろあるのよ、普段使わない遠くの路線へ痴漢しに行くことを〝遠征する〟って言ったりとか」

「それ聞きました、粕谷さんから」

「ずいぶん前にネットで定着した言い方らしいんだけど」

彼女自身はネットの痴漢掲示板の類は見ないが、粕谷がそういう用語を普通に使うので合わせているそうだ。

「もう少しつき合うっていうのは……」

「さっきの続きをしてみたいの」

正彰の反応を愉しむように、妖しいまなざしで微笑んだ。

粕谷抜きでさっきの続きを、というのは彼に言われたことか、それとも紗緒里自身の思いつきなのか、いずれにしろ考えてもみなかった。

「もっとすごいことしたいから」

紗緒里は思わせぶりな目で真っすぐ正彰を見つめる。

——すごいことってなんだ!?

痴漢行為に詳しいわけではないので、具体的なことは思い浮かばない。逆に、わからないから無性に胸が騒いだ。

彼女は何の遠慮もなく、さっと腕を絡めてきた。二の腕に柔らかなバストが当たるのに気を取られ、正彰は引っ張られるように歩きだした。

だが、向かったのはホームへ上がる階段ではなく、改札口だった。

2

改札を出ると、紗緒里は駅からほど近いラブホテルに正彰を誘った。

「さっきの続きって……ここで?」

「そうよ。電車よりこっちの方が愉しめるでしょ」

躊躇いのない紗緒里に圧倒されながらフロントでキーを受け取ると、正彰はしだいに気持ちを昂らせた。

――ラブホテルなんて何年ぶりだ？　十数年……下手すると二十年以上だな。

思い出そうとすると、一緒に行った妻の顔が浮かぶのでやめた。そんな昂奮に水を差すようなことは考えない方がいい。

一方、粕谷を差し置いてこんなことになっていいのか、という思いもあった。世話を焼いてくれた彼を裏切ることになってはまずい。だが、やはりそこも希望的な解釈を優先させて、おそらく彼も了解済みだろうと思うことにした。

部屋に入るなり、紗緒里は跪《ひざまず》いて正彰のズボンのベルトを外した。待ちきれない様子がありありで、本当に享楽的な女なのだとわかる。

「さっきのあれだけだと中途半端だから、まだ帰すわけにはいかなかったのよ。もっと愉しんでからじゃないとね」

ズボンを脱がせてしまうと、ワイシャツのボタンを外すのももどかしそうに前を広げた。精液の染みたブリーフを目の前にして、紗緒里はうっとり表情を蕩《とろ》けさせる。

年下でこんなにも色っぽい女性と関係できるなんて、自分の人生にあり得ないことが起きている。まさに夢のようなことが現実になろうとしているのだ。

ところが、手放しで歓んでばかりもいられない、重要な問題があった。

「中途半端って言っても、出るものは出ちゃったからね。もしかしたら、もう無理かもしれないけど」

一度射精してしまったら、もう勃起は望めないかもしれない。妻とは二年以上もセックスレスだが、その以前も一回が精一杯という状態が長く続いていたのだ。

「そうじゃなくて、中途半端っていうのはわたしのこと。まだイッてないんだもの。ああ、いい匂い……たまらないわ……」

不安なので前もって言い訳しておいたのだが、紗緒里はそれについてはまったく聞いていない様子で、正面からブリーフに顔を埋めてきた。鼻から口までぺたっと押しつけて、深く息を吸い込んでいる。

「この匂い、何回嗅いでも飽きないわ。まさに男の匂いって感じがする」

「精液の匂いがそんなに好きなのか。生臭くて嫌じゃない？」

「まさか！　臭いからいいんじゃない！」

ブリーフに口を当てたまましゃべるので、断言する声もくぐもって聞こえ、熱い吐息と鼻息が縮こまったペニスをくすぐった。

「ザーメンの匂いって、蒸れて臭くなったペニスの匂いと一緒だもの。夏なんか特にこのへんが匂うのよ」

紗緒里は鼻先を股の間に突っ込んで、タマを押し上げながらクンクン匂いを嗅いでうっとりする。確かに睾丸の嚢皮《のうひ》が蒸れると精液と同じ匂いがするが、そんなに熱心に嗅がれると、蟻の門渡りから肛門のあたりがうずうずしてくる。

それにしても、ペニスという言葉が女の口から出るとドキッとするものだ。言ったのが紗緒里だからかもしれないが、思った以上に淫靡な響きだった。

ああたまらない、臭くていい匂い、などとしゃべりながら、くちびると鼻とでブリーフを這い回る。下腹がしだいに甘く疼いて、縮んでいたペニスがほんの少し力を帯びてきた。

紗緒里もそれを感じるらしく、いっそうさかんに擦りつけてくる。亀頭を鼻先で転がしたり、ブリーフごとタマを咥えたりもする。小動物に懐かれて甘咬みされるような奇妙な感覚が心地よかった。

「それ、気持ちいいな……」

思わず素直な言葉が口を衝《つ》いた。すると紗緒里は、タマ全体をすっぽり頬張って口をもぐもぐさせる。舌で押し転がしたりもする。熱い吐息がブリーフ越しに睾丸を包み、じんわり幹の方まで伝わる。

「こういうの、してもらったことない？」

「ないね」

ブリーフを穿いたままそんなことをされた経験はないが、また妻の顔が浮かんできたのですぐさま振り切った。よけいなことは忘れて、紗緒里のペースに身を委ねようと思う。

「そこからどんどん食べられてしまいそうだ」

「食べちゃっていいの？」

「あ……いいよ」

とたんに頬張る口元がきゅっと締まった。柔らかなくちびるがほどよい刺激となって睾丸を圧迫する。

「なんだか変な感じ、だけど気持ちいい」

「んんっ……んっ……」

紗緒里はくぐもった唸り声を発し、食いちぎるように首を振った。すぼめた口で引っ張られる感覚がやけに新鮮で、口からタマが抜け出る瞬間に肛門が引き締まった。

彼女はさらに亀頭をぱくっと頬張った。ペニスそのものはほんの少し膨らみかけた状態で芯も通っていないが、亀頭はエラが張っているのでかなりの大きさだ。それを咥え込んで、もごもご舌とくちびるで揉みあやす。

亀頭も下着の上から咥えられるのは初めてで、奇妙な心地よさを感じてうずうずする。だが、疼きはするものの、なかなか勃起の兆しはなかった。やはり射精してしまうと、この歳で二度目は難しいかもしれない。

——こんなチャンスを前にして、なんてことだ。

自分の不甲斐なさに歯噛みする思いだ。焦りは悪い方に作用するだけだとわかっていても、これほど妖艶な女性に誘われたのだから、何とかならないものかと思ってしまう。

「これ、すごいのね」

紗緒里は舌先でしきりにエラを擦っている。ゆっくり行ったり来たりして、下着を穿いていてもわかる大きな段差を確かめている。

「さっきズボンの上から触った時もすごいってわかったわ」

絶妙な指使いで射精させられた快感が甦る。だが、ずっと勃起したままだったあの時と、一度射精した後では感度が全然違っている。

「そこは感じるとこなんだけど……」

「直接じゃないとダメ？」

物足りなさが声に表れると、彼女は上目使いでブリーフのウエストに手をかけ、焦らすようにゆっくり引き下ろしていく。白いブリーフは唾液で湿り、口紅が落ちて薄紅い痕がついている。

下腹の毛に続いて根元が現れるとそちらに目を移し、なおもじわじわと下げる。一気に暴くのはもったいないといった手つきで、亀頭が顔を出す寸前でさらに遅くなった。

ゴムの下にエラが見えると紗緒里の目が大きく見開かれ、亀頭全体を露わにしたところで表情がパッと輝いた。

「……ほんとに見事ね。こんなにカサが大きくて立派なペニス、見たことない。惚れぼれしちゃう！」

うっとりため息をついて、しみじみ称賛する。そんなに褒められると照れくさいが、男の胸をくすぐらずにはおかないリアクションだ。

正彰自身、とりたてて大きなペニスとは思っていないが、亀頭のカサの張りには自信がある。勃起していない状態でも目立つので、若い頃から銭湯や温泉では隠さず堂々としている。

それでもセックスが受け身だった妻には一度も褒められたことがなく、だからこそ紗緒里の反応は心に響いた。

彼女は触れるのがもったいないみたいに、しばらく眺めていたが、おもむろに舌を差し出すと、先端を掬《すく》うようにちろっと舐めた。

「うっ……」

竿がぶらりと揺れ、その拍子に根元がわずかに力んで、ほんの少しだけ角度がついた。

紗緒里はそれを二度三度繰り返してから、舌の上に亀頭を載せた。

「……うおいあぁ！」

「え？　なに言ってるかわからない」

「重いわ、って言ったの」

紗緒里はいったん舌を引っ込めて言うと、また捧げるように亀頭を載せて、重みを確かめるように上下左右に揺らして遊んだ。

両手を太腿に添えたまま、舌だけで亀頭を揺らす。弄《もてあそ》ばれている雰囲気もあるが、それがむしろ刺激的で、竿がしだいに膨らんでしっかりしてくる。

ふいに彼女が舌を退《の》けると、肉竿は芯が通って水平に突き出した。が、まだその状態を保てそうにないので、肛門を強く引き締めると、亀頭がひくっと持ち上がった。

紗緒里が真剣に見つめるので、何度かそれを繰り返す。先端のカサが大きく張っているから、金槌が縦に揺れるみたいだ。

それを追って上下に動いていた瞳が、ふいに輝きを増した、と思ったとたん、紗緒里がぱくっと食らいついた。獲物に飛びかかる動物を思わせる素早さだったが、亀頭はぬるぬる蠢く舌に歓迎され、心地よく転がされる。

「おおっ……」

思わずうめき声が洩れた。久しぶりということもあるが、これほどねっとり舌をからませるフェラチオは経験したことがなかった。小刻みな吸引と並行して舌が這い回るので、心地よい摩擦感が休みなく襲ってくる。

「気持ちいい……」

無意識に腰を迫り出して彼女の髪を撫で回すと、紗緒里が太腿を強く押さえた。おとなしくしているように、ということらしいので、濃密な舌使いに身を任せ、手を離した。すると舌使いがさらに活発になり、ゆっくり頭が動いてスライドも始まった。

紗緒里の口の中で、竿がみるみる太く反っていく。それにつれてスライドが速くなり、吸引も強まってじゅぽっ、じゅぽっと淫らな音が響く。

気持ちよくて腰が動きそうになるが、何とか堪えていると、紗緒里がいきなり口から吐き出した。唾液が糸を引いて、それを断ち切るように肉竿がぶるんと反り返った。

天を衝く雄々しい光景に驚いて、言葉が出ない。さっきの電車でもこれくらいだったのかもしれないが、実際に逞しい姿を目にすると、自身の逸物ながら圧倒されそうな迫力を感じる。

——これなら間違いなく挿入できる！

にわかに自信と希望が湧いてきた。

「わたしの大好きな形になったわ」

紗緒里も満足そうに微笑んで、亀頭から竿の根元まで、愛でるように人差し指でなぞった。きゅっと締まったタマを指を揃えて撫であやすと、太い弓竿をそっと握り込む。亀の頭そっくりの先端だけが、握った手から飛び出ている。

「本当に大きいのね！　こんなのが入るかしら。ちょっと怖いくらい……」

怖がるどころか、いかにもうれしそうだ。握る力をどんどん強くすると、亀頭がさらに膨らんで赤黒く変色し、金属のような鈍い光を放った。急に離すと、鈴口から透明な汁が玉になって湧いた。

「大事なモノで遊ばないでくれ」

「そうね。もっと気持ちよくしてあげないとね」

玉の露をエラや裏筋に塗られて、感度がハネ上がる。さらに唾液を垂らして亀頭を握り込まれ、反りが強くなった。

亀頭を握ったまま竿に舌を這わせ、さらに嚢皮の皺までくすぐられると、肛門がぞくっと痺れて引き締まった。

「そんなことしてくれるなんて……」

自分はまだイッてないからと言って誘っておきながら、これだけ愛撫に熱が入るのは本当にペニスが好きだからに違いない。奉仕される正彰の方も、いとおしい気持ちがこみ上げてくる。

紗緒里の愛戯はさらに濃密になった。タマを舐めるのと同時に亀頭をぐりぐり揉まれ、唾液と粘液のぬめりが鋭い快感となって急上昇する。

「ま、待って！　それは気持ちよすぎてマズイ……ここで出ちゃうともう……」

切迫した声に彼女の手が止まる。だが、握った亀頭は離してくれない。そのまま少し時間を置いてから、また舌を這わせる。

亀頭は軽く握ったままなので、急に切羽詰ることはなさそうだが、嚢皮を這う舌のざらつきの気持ちいいこと。

紗緒里が股の間に潜り込もうとすると、正彰も自然に脚を開いた。すると彼女はタマを通り越して、蟻の門渡りから肛門へと舐め進む。すぼまった皺をちろちろやられ、魂を抜かれるような浮遊感の中で、羞恥と向かい合うことになった。

「そ、そんなとこまで……あうっ……んん……」

肛門を舐められて恥ずかしいのと、えも言われぬ心地よさとがせめぎ合う。脚を閉じてしまいたいが、それはできない。

自分の意志とは関係なく何度も肛門が締まり、そのたびにペニスが強く撓《しな》った。彼女の手の中に粘液が洩れて、ますます滑りがよくなる。いったん肛門を離れても、タマ裏を舐められるのがまた気持ちいいので同じことだった。

ふいに彼女が亀頭をぐにゅぐにゅっと揉み回した。すぐさま射精欲が湧いて、

「うあぁっ！」

慌てた声が、女の悲鳴のように裏返る。

反射的に紗緒里がすごい力でペニスを握りしめ、舌も離れた。高まった快感がなだらかな曲線で下降しはじめて、ホッと息を衝いた。昂奮の面持ちで荒い息を整える正彰を、彼女はさもうれしそうに眺めている。

「こんなことをしてもらうなんて、この歳になって初めてだ。もう少しで出てしまうところだった……」

「まだダメよ。その前にわたしを気持ちよくしてくれなくちゃ」

紗緒里はようやくペニスから手を離し、スカートのウエストフックを外してジッパーを下げる。

「ああ……いいよ、望むところだ」

「さっきの続きなんだから、これからが本番よ」

甘えた声で服を脱ぎ落すのを見て、正彰も急いでワイシャツを脱いで裸になる。天井を向いていたペニスは少し落ち着いてきたが、性欲はますます高まり、若い頃のように血気が漲ってきた。

3

紗緒里はベッドに横たわり、一糸纏わぬ姿を惜しげもなく晒した。

その傍らに陣取って、脂の乗った優美な起伏を見下ろすと、なだらかな白い丘の上に茂る漆黒の熱帯雨林がひときわ目を引いた。それが紗緒里の妖艶さをいっそう引き立たせ、早く谷底の湿地へ踏み込みたいと、気が逸って仕方がない。

だが、綺麗な半球形の乳房にも目移りしてしまう。重力に抗うように張力を保って揺らぐさまは、揉みしだいてほしいと求めているかのようだ。その中心には淡い褐色の果実が大きく実り、これなら着衣の上から触ってもわかるはずだと納得させられる。

正彰はたわわに揺らぐ両の乳房に手を伸ばし、山裾からやんわり押し上げる。思った以上の柔らかさに驚いて、強く揉むのが躊躇われるほどだ。

「なんて柔らかいんだ。こんなにぷにょぷにょして、まるでプリンかゼリーみたいじゃないか」

大粒の果実を中心にして、双丘が波のように揺らぐ。目を丸くしてやんわり揉

みあやすのを、紗緒里は艶やかなまなざしで見ていたが、

「遠慮しなくていいから、もっと荒々しく揉んで」

吐息の混じった声でせがんだ。あえぐような響きが正彰を後押しする。

思いきって搾《しぼ》ってみると、お椀型の乳房が砲弾みたいに変形した。緩めると手のひらに貼りついて元に戻り、しなやかな弾力感に心が躍る。

飽きることも知らずに搾り上げては揉み回し、紗緒里が白い喉を晒して仰け反ると、手つきはさらに荒々しくなる。正彰はいつの間にか、猛々しい愛撫に我を忘れるほど夢中になっていた。

「はあっ……あん……」

あえぐ息に、甘い声が混じるようになった。仰け反っていた紗緒里がふと目を開けると、潤んだ瞳でせつなげに見つめる。

──この目だ！

電車の中でも見せた艶やかな目が、ますます昂奮を煽る。屈んで乳首にむしゃぶりつくと、舌先にあまる大粒の実が存在感たっぷりにこりこり当たった。

「あーん……んんんっ……」

転がし、突っつき、甘咬みすると、紗緒里は右に左に首を振って悶え、さらに

は腰をくねらせる。

「もっと強く咬んで……」

求められるまま強く歯を当てると、とたんに仰け反りが大きくなった。ベッドに頭をつけて支え、上体が浮くほどの力にびっくりする。

「もっと……もっと強く咬んでぇ！」

紗緒里はそれ以上の咬戯を望んで声を高める。

正彰が強くしてもまだ足りず、これでは乳首が千切れてしまわないかと危ぶむくらいでちょうどよかった。

「ああ、いっ、いいーっ！　……あっ……あっ……ああん！」

声を上げて激しく仰け反り、腰を波打たせて身悶える。ここまでやってほしい女もいるのだと、正彰は目から鱗が落ちる思いだ。

試しに指で抓《つね》ってみても同じだった。ちょっと摘まんで捻じるだけでは物足りず、大きな乳首が指の間に隠れてしまうくらい強く抓ると、髪を振り乱してよがるのだ。

――どうなってるんだ、この女……。

信じがたい性感に驚きながらも、過激な愛撫がだんだん板についてくる。左右の乳首を歯と指でそれぞれ攻め嬲《なぶ》り、仰け反るさまを見てさらに熱が入った。

「ああん、もうだめぇ……」

紗緒里は激しくのたうった挙句、もう降参といった様子で縋《すが》りついて、くちびるを重ねてきた。

いきなり舌が入り込んで、にゅるりと正彰を誘う。ねっとりからめると強く吸われ、引っ込めると追いかけて来て小刻みに弾かれる。攻守が入れ替わるようにして、お互いが自然に激しい舌使いになっていった。

濃密なディープキスに酔いしれるうちに、いったん治まっていた勃起力も少し回復してきた。紗緒里の太腿に押し当たって、気持ちよく揉まれるのだ。いきり立つまでには至らないが、生の太腿の肌触りは極楽にいるような至福感だ。

一方、紗緒里も秘丘を擦りつけてきて、縮れた毛叢のざらつきが肌をくすぐった。股の間に脚を割り込ませると、挟みつけて接触を密にする。

「はうんっ……」

舌の動きが止まり、甘く鼻にかかった声で腰を迫り上げる。擦りつけるというより、秘丘でぐいぐい押してくる。

正彰も脚をぎゅっと挟んで肉棒を押しつけた。心地よい圧迫感がさらに血流を呼び込んで、肉竿に力が漲ってくる。

「触って……」

「ん？」

「アソコが熱くなってるの……触って」

確かに秘丘が熱を持っていて、毛叢の奥も蒸れた感じがする。腰を浮かせて手を差し入れると、谷底の奥まった一帯は、泥濘《ぬかるみ》から温泉が湧いたような状態だ。

「こ、これは……びしょびしょじゃないか……」

感度の良さに圧倒される。これなら電車でもたっぷり濡れていたに違いない。

正彰は隅々まで秘肉をさぐってみるが、指がにゅるっと滑ってしまって形状がよくわからない。はっきりしたのは肉びらが厚そうなことと、クリトリスが乳首に負けないくらい大きいことだ。

「あんっ！　……ああんっ！」

しかも全体が皮から露出しているらしく、ちょんと触れただけで腰が跳ね上がるほど敏感なのだ。

面白がって擦り回すと、いっそう甲高《かんだか》い声を上げて、エロチックに腰を振る。

「ああん……いいわ、最高……ぐちょぐちょにして……ああっ……」

「そんなこと言って……もうぐちょぐちょじゃないか！」

「もっとよ……もっと、ぐっちょぐちょにしてぇ！」

煽られていっそう激しく嬲り回すと、あとからあとから淫蜜が湧いて止め処がない。ぬめりがさらに増して、中指が肉溝を滑った拍子にあっさり埋没してしまった。

「あうっ！」

紗緒里は顎を突き出して仰け反った。

細かな粒を敷き詰めた隘路《あいろ》が、指をぴたっと包み込んでいる。奥まで行ってゆっくり引き返す間に、妖しいひくつきを何度も見せた。ペニスの挿入感を想像したくなる淫靡な蠢動《しゅんどう》だ。

正彰は秘処を暴きたい欲求を抑えられず、起き上がって紗緒里の脚を開かせる。

彼女は素直に従いつつ、正彰の表情を見つめている。

濡れて艶光りする卑猥な器官が目に飛び込んだ。まさに淫花そのものだった。

濃いピンクの肉びらが撚《よ》れて開くさまは蘭の花を思わせるが、溢れた蜜の量が尋常でなく、消化液を溜めた食虫植物のようでもある。それなら埋まっている指は、捕えられた餌食ということになる。

花びらの端には、莢《さや》から完全に剝けて出た肉豆が、真珠の輝きにそっくりな、白っぽいピンクの艶を見せている。やはり、大豆ほどもある大粒の快楽器官だ。

薬指も加えた二本で挿入すると、肉壺がきゅっと締まって、表面の細かな粒々がぴったり纏いついた。抜き挿しのたびに花びらが蠢いて、生き物が呼吸しているみたいでいやらしい。

思った以上に淫猥な光景に、正彰は目を丸くした。紗緒里は蕩けそうな顔に媚笑を浮かべ、息をあえがせている。

抽送でさらに蜜が湧いて、にちゃ、くちょ、という濡れ音がしだいに大きくなった。溢れた蜜を掬い取ろうと舌を差し出すと、濃厚な乳酪臭が鼻を衝いた。どちらかと言えば腐臭に近く、掬った舌も酸味でピリピリ痺れた。それなのに舌を引っ込める気にならない。牡の本能を鷲摑みにされたようだ。

正彰は蜜を吸い、秘芽を舐めながら、抜き挿しを続行する。紗緒里は腰を断続的に波打たせ、敏感な芽を擦られるたびに大きく跳ね上げた。

濡れ音はいっそう大きく響いて、締めつけも強まった。このまま一度イッてしまえとばかりに、抜き挿しを速める。すると、紗緒里があえぎながら正彰の髪をまさぐった。

「……もっと、入口に近いところがいいの」

深い抽送が気持ちよさそうだと思っていた正彰には、意外な言葉だった。

「奥じゃなくて？」

「Gスポットって、わかるでしょ？」

「いや……」

よく聞く性感ポイントだが、具体的にどこを指すのかは知らない。妻の反応を観察しながらさがしたこともあったが、さっぱりわからなかった。

「入ってわりとすぐのところなんだけど……」

教えられて膣口から近いところをさぐっていると、

「ああんっ！　そ、そこ……そこがいいの」

甘く鼻にかかった声を上げ、紗緒里が腰をくねらせた。

「ここか！」

入口から近いところに、ざらざらした凹凸の粗い箇所があった。

そこを指の腹で押すように擦ってほしい、でもあまり擦り過ぎないでと、紗緒里はおねだりするように具体的な指使いを求めた。

言われた通りに刺激すると、とたんに身悶えが激しくなった。上半身を弓型に反らし、甘え声が甲高くなる。指の腹を当てて小刻みに振動させると、より効果的だった。

——なるほど、こうすればいいのか！

正彰の昂ぶりは性テクニックを覚えたての少年のようで、年甲斐もなく歓びがこみ上げる。

「そ、そのまま、ぐるぐるかき回して」

新たな要求が加わったが、指を揃えて中で円を描くようにすると、紗緒里にそれは違うと言われ、Gスポットを外さないでと注文された。

「それでどうやってかき回せって？」

「入口を広げるみたいに、ぐるぐるされるのがいいの」

中をかき回すというより、指の付け根で膣口を広げるように円を描いてほしいらしい。

「そうよ、それ……それがいいの……ああ、いやぁん！」

要領がわかると調子づいて、指使いが自然と荒くなった。第二関節を曲げてGスポットを捉えたたまま、入口をぐりぐりかき回す。蜜液がしだいに白っぽくなって、小泡も混じりだした。

紗緒里は両手でシーツを摑んで激しく身悶え、間断なくよがり声を上げる。腰が波打つのを少しでも抑えようと、正彰は太腿を摑んで押さえ込む。荒々しく秘孔をかき回し、濡れ音も淫らに高まる中、ふと考えた。

──これって、もしかして……。

今朝、明日香が満員電車でイッた時の、粕谷の指の動きに似ていることに気がついたのだ。紗緒里もおそらく、粕谷にこれをやられて病みつきになったのではないか──そう考えると、嫉妬のような羨望のような、何とも言えない気持ちが湧き上がった。

指使いをますます激しくすると、紗緒里もそれを歓迎する。

「ああ、いいわ……もっと……もっと激しく、ぐちょぐちょにかき回してぇ！」

「そんなに激しくしてほしいのか。壊れちゃっても知らないよ」

「壊れちゃっていいの……めちゃめちゃにして……ああああっ！」

波を打つ腰がさらに暴れて、指が抜けてしまった。太腿をしっかり押さえ込んでさらに攪拌《かくはん》を続けると、上半身がアーチ型に反り返った。

「あっ……あああ、イクゥーーッ！」

がくっ、がくっと揺れた腰が急に止まり、上体が反ったまま強張った。時が停まったような静寂があって、紗緒里はぐったりベッドに倒れ込んだ。

紅潮した頬に官能の烈しさを留め、うつろな目を天井に向けている。焦点が定まらず、正彰が上から覗き込むと、ようやく瞳が像を捉えたようだった。

4

「そんなに気持ちよかったのか……」

紗緒里の反応の激しさに驚きながらも、指だけでそれほどのアクメに導いたことに昂奮を抑えられない。

妻はやさしいセックスを好み、結婚前に関係のあった相手もだいたい似たようなものだったから、荒々しい愛撫を求めて気を遣る紗緒里は新鮮だった。

「激しくかき回されると、やられちゃってる感じがしてたまらないの」

正彰を見つめる瞳が濡れている。羞じらいを含んだ表情は、巧みな愛撫で正彰の反応を愉しんでいた時とはまるで別人だ。最初は男を玩弄《がんろう》する性癖があるのかと思ったが、紗緒里の中にはSとMの両面があるのかもしれない。

「それって、もしかして粕谷さんにやられたんじゃないか」

「よくわかったわね。初めて痴漢された時、それでイッちゃって、あんまり気持ちよかったから、降りてから呼びとめて、それ以来のおつき合い」

「そういうことだったのか。でも、電車の中では、あまり激しくできなかっただろうに」

「彼はそれができるからすごいのよ。器用に、手首から先だけを激しくね」

紗緒里は指を二本立てると、手首を使ってかき回す仕種を見せた。粕谷の手つきに似せたつもりだろうが、細くてしなやかな指は、痴漢よりもオナニーを連想させる。

「それを後ろからやられるのが、また気持ちよくて」

「後ろからがいいのか」

「Gスポットの反対側に、裏Gっていうのがあるの」

急に真剣なまなざしになって、紗緒里は半身を起こした。膣がこうあって、と指で宙に図を描いて説明する。

Gスポットは膣口から近いお腹の側にあるが、ちょうどその反対側、つまりお尻の側に裏Gスポットがあって、背後から痴漢の指が入った場合、そこを刺激されるとすごく感じるのだという。

「お尻の側に……」

どのあたりにあるのか想像すると、中をさぐっている気になって、指がもぞもぞ動いた。紗緒里はそれを見て媚笑を浮かべ、ベッドに腹這いになった。

「ためしにやってみて」

尻の割れ目に手を差し入れると、快楽の名残がなまなましく指を濡らした。位置をさぐるまでもなく、あっさり肉壷に吸い込まれる。

「……このあたりか？」

〝ちょうど反対側〟という説明を頼りに裏Gの位置をさがすと、紗緒里の尻がひくっと浮いて、そこだと教えてくれた。

すぐに痴漢のつもりで攻めはじめる。前側と同じように指の腹で小刻みに擦ると、膣口がきゅっと締まって、中も妖しく蠢いた。

「あっ……あん……んんっ……」

甘い声が鼻から抜けて、紗緒里の尻が気持ちよさそうに揺らいだ。

正彰も半ば重なるように腹這い、背後から痴漢している気分で指を使う。緩くウェーブのかかった髪に鼻先を埋め、電車の中でそうしている自分を想像する。微かなシャンプーの香りに混じって、皮脂の匂いが生身の女を感じさせた。

その体勢は今朝の明日香に密着したのと同じで、あの時は指入れも叶わなかったことが懐かしく思い出される。わずか半日前のことをずいぶん遠く感じるのは、経験値が劇的に高まっている証拠だ。

「んんんっ！　そ、それ……あああっ！」

指先を裏Gに置いたまま、膣口を広げるようにぐりぐりやると、紗緒里は甲高い声でよがり、尻を浮かせた。というより、勝手に持ち上がってしまった感じで、正彰もつられて起き上がる。

攪拌する指に縋りつくように、腹這いのまま尻だけを高く突き上げる。その姿はまさに卑猥の極致だった。

膣口は断続的に収縮していて、間隔が狭まったと思ったら、急に強い締めつけが起きた。続いて奥の方がさざ波のように細かく痙攣する。

「んんんっ……んむうっ！」

紗緒里はベッドに顔を埋めて、くぐもったうめき声を上げる。突き上げた尻がぶるんっと震え、そのまま固まった。

——もうイッた……!?

二度目は呆気ないほど早かった。

名残を惜しむように蠢動がいつまでも続き、まだ指を抜かないでと訴えている。細かな粒を敷き詰めた膣壁の感触が、ペニスをむずむず疼かせる。

ようやく蠢動が間遠になってきたところで、正彰は指を引き抜いた。

「何回でもイッちゃいそう……。すごく気持ちよかった。次は電車でやってもらおうかしら」

とろんとした目で見つめられると、本気で痴漢プレイを誘っているのかもしれないと思えてくる。

「痴漢プレイっていうのはどうなんだろう、知っている男と示し合わせて乗っても、やっぱり触られると感じるものなのかな」

話のついでに、素朴な疑問をぶつけてみた。

「そうね。他の乗客に気づかれないかと思って、ドキドキして感じやすくなるのね。もちろん、見ず知らずの痴漢の方が昂奮するけど」

「でも、周りにバレないか心配なのは、知ってる相手でも知らなくても同じことじゃないか?」

「知らない人だと、痴漢されて濡れたことを相手に知られるのが恥ずかしいっていうのはあるわね。それで相手は急に遠慮がなくなって、大胆に触ってくるから、

〝ああ、いやらしい女だと思われてる〟って、ますます昂奮しちゃう」

「へえ、そういうことを考えるのか……」

森宮明日香も同じだろうか。これまでも痴漢に遭ってるに違いないが、下着の中まで手を入れられたことはあったのか。今朝みたいにすぐ濡れて、それが恥ずかしくて昂奮してしまうのか——想像を巡らせていると、紗緒里がペニスに手を伸ばして、

「会社の女の人のこと考えてるでしょう」

いたずらっぽい目で図星を差した。

「いまはダメよ」

立派だと褒めてくれたカリの縁を辿り、揃えた指に亀頭を載せて、ゆらゆら揺らして重みを測る。五本の指で摘まんで右に左にぐりぐり捻じると、みるみる回復して芯が硬くなった。

「今度はコレで」

返事を待たずにするする足元へ移動すると、正彰を仰向けにさせ、両手で太腿や腹部を撫でながら、ぱくっとペニスに食らいついた。

「ううっ……」

いきなり雁首をねろねろ舐められて、快感の針が大きく振れた。早く挿入してほしくてたまらない様子で、さかんに舌を使いながらスライドも始める。素肌を這い回る指も心地よくて、肉竿は瞬く間に反り返った。

おかげで正彰はもうひとつの疑問を口にする機会を失った。粕谷はこのことを知っているのか、それとも紗緒里が勝手に自分を誘ったのか――。

5

「ほんとにカサが大きいんだもの、気に入っちゃった」

勃起した竿を天井に向け、紗緒里はしみじみ眺めては、亀頭にくちづけしたり、いとおしげに頬ずりする。

「褒められるのはうれしいけど、あまりいじり回されると出ちゃうよ」

そんな気配は感じないのに、早く挿入したくて言ってみた。

「そんなもったいないこと、させられないわ！」

紗緒里は芝居じみた台詞《せりふ》と作り顔で応じるが、早く合体したいのは同じだったらしい。正彰を仰臥させたまま跨ってきた。

「わたしが上でもいいかしら」

「いいかしらって、もう乗ってるじゃないか」

竿を持って先端を秘孔にあてがう。

「一応、言ってみただけだから、気にしな……あんっ……」

紗緒里が腰を落とすと、張りつめた亀頭が濡れた口を力強く押し開いた。通過しきったとたん、肉の輪がぎゅっと雁首を絞めにかかった。

「ああ、すごいわ……大きいのが入ってる……無理やり押し込まれたみたいで昂奮しちゃう」

紗緒里は亀頭を呑み込んだだけの浅い結合のまま、腰でぐるぐる円を描いた。硬い竿が擂粉木《すりこぎ》のように動いて、亀頭が膣口から近いところを丸く擦っている。

「すごいすごい……大きな塊が中でぐりぐり動いてる。ああ、気持ちいい……こんなの初めて」

「ほんとだ……こ、これは……おお……」

あまりの心地よさに、正彰はシーツを摑んであえいだ。まるで回転している肉壺にペニスの先端を突っ込んだような、通常の抜き挿しとはまったく違う摩擦感だった。

紗緒里が腰で描く円の大きさは、微妙に変化した。見た目にはわずかな違いだが、擦れ方はずいぶん変わる。正彰としては、小さい方が張ったエラの縁がよく擦れて気持ちいいのだが、彼女はいろいろ試している。たまに前後にくいっ、くいっと振ったりもする。

「腰つきがずいぶんいやらしいね」

「仕方ないわ……気持ちよくて、勝手に腰が動いちゃうんだもの……」

「上になった方が、好きに動けるからいいんだな」

「そうね。でも、下もけっこう好き……それとバックも」

「要するに、セックスはなんでも好きなんだ？」

「そんな、人を淫乱みたいに言わないで……当たってるけど……ああ、いい……これ、最高！」

結合をやや深くすると、描く円が大きくなって、腰の動きがどんどん速まった。どうやら最も感じるポイントを見つけたようだ。

大きく動いてもエラがよく擦れるので、正彰も気持ちいい。ほんの少し深くしただけで、擂粉木の振れ幅が大きくなったらしい。

「すごいわ！　前も後ろも、一緒にぐりぐりされてるぅ！」

前も後ろも、というのはGスポットと裏Gのことに違いない。抜き挿しと違って円運動だから、前後の快感ポイントが効率よく刺激されるのだろう。

「エラが当たって気持ちいいのか」

「そうよ、最高！　ああん、どうしよう……気持ちよすぎちゃう！」

紗緒里はますます激しい腰使いでよがり、髪をふり乱した。正彰も陶酔の境地を漂いはじめた。亀頭のぬめった摩擦感と雁首の強い緊縮が、心地よい浮遊感をもたらしている。

ふいに紗緒里の腰ががくっと揺れて止まり、膣口がいっそう引き締まった。中も締まったまま、ひくひく震えている。

「イッた？」

紗緒里はくちびるをあえがせるだけで言葉にならない。数秒間の静止の後、正彰の胸に倒れ込んできた。

久しぶりに感じる女体の重みが心地よかった。熟れた体を抱きしめると、歓びを表すように濡れ襞がまたひくっと蠢いた。

若い頃だったら、正彰は呆気なく射精していたに違いない。それほど紗緒里の腰使いは激しくエロチックだった。ところが、今は彼女にさらなるアクメを味わわせるだけの余力をまだ残している。

「今度はオレが上だ」

彼女の中に入ったままで体勢を入れ替える。腰を抱えてやって反転して、おもむろに律動を開始した。紗緒里の背景が天井からシーツに変わり、そんな些細な変化でさえも、攻撃的に気持ちをかき立てる。

「あん、また……ああん……」

とたんにあえぎ声が上がった。彼女が言ったように、連続アクメを迎えられるほど高まっているに違いない。それなら最初からスパートして、一気に頂上へ駆け上がればいい。

浅いところと奥の方と、深さを変えながら抜き挿しするが、スピードは早くも全開だ。

「あぁっ……あっ……あんっ……」

仰け反った紗緒里が、顎を揺らしてあえぐ。

正彰は肉竿が中で強く反り返っているのを感じて、抽送の角度を変えることにした。上体を起こして座位になり、彼女の膝の裏を摑んで折りたたむ。膣口が上を向く体勢にして、浅い挿入でがんがん突きまくった。

「あああ、いやぁ……ダメダメ、イッちゃう……あああん、イイーッ！」

Ｇスポットを捉えている確信があって、張り出したエラで激しく抉り込む。ともすればペニスが抜けそうになる不安定な角度だが、結合部が丸見えなのがいい。溢れ出た淫蜜が乳液のように白濁して、竿にべっとり付着している。ここしばらく精力が下降線を辿ってきたから、これほど激しい抽送は実に久しぶりだ。

すっかり自信を取り戻した正彰は、若い頃のようにハッスルして激しく腰を使った。

「ダメよもう……ああダメ……イッちゃう……」

「いいぞ、好きなだけイクんだ！」

紗緒里は結合部に触れて、肉竿が出入りするのを確認すると、剝き出しのクリトリスを驚くほどの速さで擦りだした。受け身のやさしいセックスを好んだ妻とは大違いで、とことん快楽を貪ろうとする。

「あああんっ……イク……イッ、クゥーーッ！」

搾り出すようなよがり声が長く尾を引いた。正彰は最後のスパートで弾け、鮮烈な快感とともに熱い樹液を紗緒里に注ぎ込んだ。

しばらく快楽の余韻を味わってから、ぐたっとベッドに横たわった。心地よい疲労感が全身を包み込む。まだ宙に浮いているようなふわふわ感があって、天井が微妙に動いているように見える。

紗緒里も手足を投げ出したまま、しばらく荒い息が続いていたが、少し落ち着いてくると甘えるように寄り添ってきた。

「やっぱり元気なペニスがいいわ。コレ、大好き！」

肉棒はすでに力を失くしているのに、撫でたり持ち上げたりして、そんなことを言う。

「もうすっかり萎《しぼ》んでるよ」

「そうじゃなくて……痴漢のテクニックが抜群なのもいいけど、やっぱりコレが元気じゃないとね、っていう意味よ」

ふと粕谷の顔が浮かんだ。紗緒里が彼のことを言ったような気がした。

「それって、もしかして……」

「粕谷さんには絶対内緒よ。わたしがバラしたって口が裂けても言わないでね」

紗緒里はそう前置きして、粕谷とのことを話してくれた。彼と痴漢プレイを愉しむようになって間もない頃、ホテルに行ったことがあるという。

ところが、痴漢でイカせるだけあって指戯は抜群なのに、セックスそのものはいまひとつだったらしい。具体的な表現は避けたが、どうやら大きさも硬さも彼女には不満だったようだ。結局、関係を持ったのは一度だけというから、相当がっかりさせられたに違いない。

意外な話を聞かされたものだが、尋ねてもいないのにわざわざ打ち明けてくれたのは、粕谷とはそれだけの関係だと言いたかったのだろう。つまり、正彰とのセックスに満足して、これからも関係を続けたいという気持ちの表れに違いない。もちろんそれは大歓迎だ。

「絶対に言わないでね。約束よ」

紗緒里は話し終えてから、耳に触れるほどくちびるを近づけて、もう一度念を押した。熱い吐息でくすぐりながら、ずっといじっていたペニスをそっと握ったり緩めたりする。

「いくらなんでも、もう無理だって」

回復するかどうか確かめている気がしたので、先回りして言った。二度も射精したあとでは、さすがに無理だろう。

聞こえないふりでなおも続けるので、正彰は好きにさせることにした。

「そうでもないみたいよ」

紗緒里がだんだん真剣な手つきになっていると思ったら、意外にも膨らむ兆しが見えてきた。

「おいおい、ほんとか……」

自分でも信じられない思いで、ペニスの感覚に気持ちを集中させる。

男としての正彰の変貌は、まだ始まったばかりだった。

第五章　名器の女

1

妻がしばらく別居したいと家を出て、一週間が過ぎた。

その間、二度ほど荷物を運び出しに戻った形跡があった。いずれも昼間、正彰が会社に出ている隙にやってている。

昨夜は横浜の長男が電話で様子を尋ねてきたが、別居のことはあらかじめ母から相談を受けていたというのを聞いて、正彰はショックを受けた。この分だと次男も知っているのは間違いなく、夫の自分だけが不意打ちを食らわされたことに腹が立った。

だが、〝それはそれ〟という思いが正彰にはあった。早くも気持ちが妻から離れていて、そのことに違和感がないのだ。理由はもちろん初めての痴漢体験であり、紗緒里との濃密なセックスだった。

紗緒里とは今週連絡を取り合うことになっているので、また会ってたっぷり愉しめるだろう。

彼女との本格的な痴漢行為も衝撃的だった。粕谷が仕組んだことだと知った時は、多少複雑な思いもあったが、貴重な経験だったことは間違いない。あとで思い返すと昂りが甦った。

おかげで正彰は、再び森宮明日香に痴漢したいという欲求を抑えられなくなり、次は粕谷の協力なしでやりたいと思っている。

ただ、仮に成功したとしても、また社内の痴漢かもしれないと彼女が思ったら、犯人が誰か知りたくて振り返る可能性はある。そうなったら解雇の危機だ。

しかし、彼女は振り返らないのではないか、という思いもあった。なぜなら痴漢を拒めなかった、あるいは許してしまったという事実が、気持ちの上で負い目になっていることも考えられるからだ。

どちらかといえば後者の可能性が高いと踏んで、正彰はもう一度やってみようという気になったのだ。

ところが、あれから朝のホームで明日香を見かけなくなった。あの翌日、彼女が見当たらなかったので、乗る時間を変えたか違う乗車口にしたのだろうと思い、正彰も時間や場所を変えてみたが駄目だった。

もちろん彼女の正確な出社時刻はデータを拾えばわかることだが、管理はすべて部下任せにしているので、そんな些末なことを総務次長自らチェックするとなれば、何があったのかと訝《いぶか》られるだろう。

結局のところ、偶然同じ電車になることを期待するしかなかった。地元駅では知った顔も多少はあるので、ホームで待ち伏せするわけにもいかないからだ。

明日香が急行に乗り換えるのをやめた可能性も考えられるが、もしそうだとすれば諦めるしかなさそうだ。ひとつ手前から各駅停車に乗っている明日香を見つけられたとしても、急行の接続駅では空いてしまうから痴漢どころではない。

彼女に気づかれる可能性も高く、正彰が急行の停車駅からどうして各停に乗るのか、説明に苦慮することにもなる。

そこで正彰は、とりあえず今週いっぱいは時間をいろいろ変えてみて、それでも会えなかったら、狙いを会社帰りに変更しようと考えた。

その矢先、今朝は乗ろうと思っていた急行に間に合わず、先週彼女に遭遇したのと同じ電車になってしまった。一本やり過ごそうかとも思ったが、どうも間が持てないので仕方なくホームに降りた。

するると、あの時と同じ乗車口に明日香が並んでいた。

──どういうことだ!? たまたまあの翌日だけ違う電車で、あとはずっと同じだったとか……。

彼女が乗る時間を変えたものと早とちりして、ずっと違う電車に乗っていたとすればバカバカしい限りだが、それでもこうして会えた幸運を思えば、徒労も帳消しになるというものだ。

正彰は彼女に気づかれないうちに、急いで列の後ろに並んだ。周りを見回して粕谷たちがいないことを確認すると、にわかに胸が高鳴った。

──いよいよ一人で決行だ。しくじらないように、気をつけないとな。

明日香はノースリーブの黒いシャツで二の腕を剝き出しにしている。グレー地の大柄な花模様のスカートはおとなしめのミニだが、柔らかそうなので手触りが愉しみだ。

しかも、キュロットではなく普通のスカートだった。手元が見えないくらい混雑すれば、捲り上げることもできる。先週、肉びらぎりぎりまで侵入しているので、今日は膣口に指を突き入れてみたい。紗緒里の時は手が震えてしまったにもかかわらず、どんどん想像が先走って気が昂ぶった。

急行が入ってくると、ドキドキ感はさらに高まった。この乗車前の緊張感は痴漢ならではのものだが、相手はよく知っている女だから、二倍のリスクがのしかかっている。

ドアが開いて、ホームの人波が吸い込まれていくが、ここはまだ激混みになる前なのでポジションを厳しく争うこともない。乗り込む瞬間にさり気なく明日香の背後を取り、その位置をキープする。

——よし、まずは成功だ！

一週間ぶりに明日香の綺麗な耳を間近で眺め、これで七割方は巧くいったと自信を深めた。粕谷に教えられたことは、脳裡で何度も復唱して覚えた。あとは明日香の反応と、周りの乗客の視線によく気を配ることだ。

ちなみに粕谷とはあれから顔を合わせていない。紗緒里と関係しただけでなく、彼の性的な秘密を知ったことに後ろめたさを感じ、こちらからメールするのは躊躇いがあるのだが、彼からもいまのところ連絡はなかった。

正彰は目だけを動かして周囲を確認した。明日香の前の会社員は背中を向けているので問題なしだ。大学生と思われる左側の男は、リュックを肩にかけたままというマナーの悪さだが、幸いなことにそれが手元を隠してくれる。正彰より背が高いのも都合がいい。

問題は正彰の右でスマホに見入っている二十代の会社員だ。スマホが前の乗客に当たらないよう、明日香の方を向いて斜めに立っている。目の前に突き出されたスマホが邪魔だが、それよりも満員になると正彰と彼女の両方に密着しそうな位置なのが気がかりだ。

——これはちょっと要注意だな。

右の男を警戒しつつ、電車が走りだすと、早速明日香の様子を窺うことにした。何しろ今朝はベテラン抜きの単独行動だ。抵抗する間もなく感じさせてしまうようなテクニックは持ち合わせていないから、痴漢が可能かどうか、満員になる前にしっかり判断しておきたい。

まずはヒップに股間を軽く触れさせてみる。明日香は特に反応しなかったが、揺れに合わせてもう少し強めに触れると、ちょっと後ろを気にしたようだった。正彰も少しむずっとして、もっと押しつけたくなるが、焦りは禁物だ。

間隔を置いて短い接触を何度か繰り返すと、後ろを意識しはじめたのが気配でわかった。だが、横にずれたりしないので、可能性はありそうだ。

ふいに大きく揺れて前にのめったとたん、股間がもろに押し当たった。心地よい圧迫感につい気が緩み、元に戻ってもしばらくそのままでいた。

——露骨に押しつけるのは、まだ早いか……。

そうは思っても、体は自然に気持ちいい方を選んでしまう。肉棒がじわじわ膨らみはじめ、それにつれて圧迫感も強まって、ますます気持ちよくなる。

すると、明日香の頬と耳がほんのり桜色に染まった。ペニスが膨張しているのを感じたのだ。まだ満員ではないのにこんなことをするのは、痴漢に違いないと思っているはずだ。それでも避けないところを見ると、

——いいぞ、脈ありだ！

正彰は快哉《かいさい》を叫び、押しつけたまま電車の揺れに身を任せた。

次の駅までこのままでいようと決め、右の男に目をやると、スマホに見入ったままだった。左の学生風も同じで、こちらはゲームをしている。最近はスマホに夢中な乗客がずいぶん多いが、痴漢にとってはありがたいことだ。

ペニスは芯が通って硬さがはっきりした。柔らかなヒップの真ん中に埋まった

形で、横に揺らしたり、少し腰を落として擦り上げるようにすると、いっそう気持ちいい。

右手の甲もそっとヒップに触れてみる。先週のキュロットよりさらに薄い感じがして、さわさわ撫でると尻肉がきゅっと締まった。

——気持ちよかったのか、それともくすぐったいのか……。

判断は難しいところだが、希望的に解釈してなおも続ける。

しだいに頬や耳の桜色が濃くなるのを見て、正彰はますます勇気づけられた。このまま気持ちいい状態が長く続くといいが、早くぎゅう詰めになって大胆に触りたい気もする。

そうこうするうちに、電車は次の停車駅に到着した。

混雑が増すと、思った通り右の男の腿が正彰に触れた。思わずそちらを見てしまい、目が合った。一瞬、ひやっとしたものの、邪魔なスマホを迷惑そうに見ると、逆斜めに向きを変えてくれた。

これで助かったと思い、ついでにバッグを右手に持ち替えて、男の腿をガードするのに使う。咄嗟の判断が我ながら誇らしかった。

ヒップに触るのが利き手ではない左手になったが、横のリュックで隠れるのでかえって好都合かもしれない。

発車するともう甲で触れるだけでは我慢できなくなった。ほんの少し右にずれて、手のひらで片尻をさわさわしてみる。やはり裏地まで極薄のスカートで、尻肉の感触がなまなましい。その下はショーツだとすぐにわかった。

——今日も同じだな！

先週のことがあったから、ホームで見つけた時にストッキングの着用は確認済みだ。また太腿までのものということは、このタイプをかなり愛用しているに違いない。

——痴漢がスカートの中に手を入れるのを期待してるのか？

勝手に想像が膨らむと、さわさわ撫でていたのが、しっかり触って揉みあやす手つきに変わってしまう。

だんだん昂奮に歯止めが利かなくなりそうで怖いが、これはまだほんの序の口に過ぎなかった。

手のひらでやんわり揉みあやすと、尻肉の柔らかな弾力が何とも心地いい。ぷりっと突き出した優美なカーブが、まさに手に取るように感じられる。

明日香はじっと身を固くしているが、片尻を摑んで露骨に揉み回したとたん、俯いてしまった。指の先をアヌス近くまで食い込ませると、弄ぶ感じが強まってますます昂奮させられる。

2

ペニスは尻肉の右側にもろに押し当たって、揺られるままに心地よく揉み込まれる。双臀の真ん中に埋まるより、揉まれる感覚が鮮明になるのがいい。

明日香の髪に顔を近づけると、一週間ぶりに嗅ぐシャンプーの香りとフローラルな香水が鼻腔をくすぐった。

先週、会社のエレベーターで乗り合わせ、思わず嗅ぎたくなって背後に迫ろうとする自分に慌てたことがあったが、いまは何の遠慮も要らないので、明日香の匂いを存分に吸い込める。

大学生と思しき男の方を見ると、リュックが手元をすっかり隠していることが確認できた。まだ満員の一歩手前だが、スカートの中に侵入してしまおうと考えた。いまなら自由に手を使えるので、ぎゅう詰めになってからより楽だろう。

指先で薄いスカートを摘まんで、手の中にたくし込んでみる。とたんに明日香の背中が強張った。スカートの上から触られるのと、中に手を入れられるのとでは雲泥の差がある。

彼女は俯いた状態で両隣をチラッと窺うが、気づかれていないとわかって安心したのか、そのまま動かなくなった。

紗緒里の時と違って手が震えないのは、一度経験していることより、明日香が拒まないと確信できていることのほうが大きい。

手は震えなくても、鼓動はみるみる速まった。粕谷の協力なしで露骨な痴漢行為をすることに、異様な昂奮を覚えてしまうのだ。

少しずつスカートを手繰っていくと、ついに裾まで引き上げることができた。生尻に指が触れて反射的に引き締まる。かまわず下着の縁を辿って臀裂に忍び入り、秘裂付近に到達した。

明日香が息を詰めている様子が、はっきり伝わってくる。全身の神経を痴漢の指に集中している状態なのだろう。

境目の肉に指を食い込ませてやわやわ揉むと、下着の中から肉びらまで引っ張り出せそうなくらい軟らかい。しかも湿り気が感じられる。脇を縁取る秘毛にも触れた。

すぐさま指を差し入れたいところだが、そこはぐっと我慢して、秘裂を覆う部分を触ってみた。

──すごい、こんなに湿ってる！　もうびしょ濡れじゃないのか。

中が溢れているのは明らかだが、下着の上から何度も触って、しつこく確かめていると彼女に思わせたい。

『痴漢されて濡れたことを相手に知られるのが恥ずかしい』

女性の気持ちについて、紗緒里に教えられたことが脳裡にこびりついている。そういう心理が働くなら、直接指を入れて確かめるまで少し間を置いた方が、より羞恥をかき立てられるだろう。

正彰はそう考えて、〝ひょっとして濡れてるんじゃないか？〟といった感じで、何度も確かめるような手つきをしてみせた。

俯いた明日香の耳がみるみる真っ赤に染まり、羞恥が露わになった。

狙い通りの効果にほくそ笑む正彰だが、歓んでばかりはいられなかった。先週のように囲みの中に埋もれているわけではないので、あまり赤くなると周囲の乗客に気づかれる恐れがある。

慎重に周りの様子を窺うと、案の定、正彰の左にいる六十年配の男が不審に思いはじめたようだった。幸いなことに、身長が低いせいで、目の前のリュックが邪魔になってよく見えていないらしい。

それでも正彰をチラッと見たので、疑われていることにドキッとした。

正彰は前のリュックの学生を疑わしそうに見て、自分に向けられた疑惑を逸らそうとした。眉間に皺を寄せ、〝スマホを見てるふりして、痴漢してるんじゃないか？〟といった表情を作ったのだ。

咄嗟の反応が功を奏して、左の男もそちらに注意を向ける。気を良くした正彰はさらに演技を加え、何とか手元を確認できないものかと肩越しに覗き込む仕種をした。

下着の上で指が止まっていたが、停車駅が近づいたので、そのまま様子を窺うことにする。明日香は相変わらず体を強張らせているが、尻を引き締める力はいまは弱い。

――次でぎゅう詰めだな……。

駅に着いてさらに人が乗ってくると、左の男は満員の乗客に埋もれてしまい、息苦しそうに顔を歪める。目の前のリュックを迷惑そうに睨み、明日香のことを気にしている場合ではないようだ。

リュックの学生は混雑でスマホが見づらいから、ますます画面に気を取られ、隣の女性が赤面していることなど気づきもしない。右の男も斜め向こうを向いたまま、真剣にスマホに見入っている。

正彰は明日香の髪に頬が触れるくらいぴったり密着して、できるだけ後ろの乗客から彼女を隠すようにした。体勢はほぼ万全で、思った以上に巧くいっている。深く息を吸うと、シャンプーと香水の淡い匂いに昂ぶって、思わず腰を前へ迫り出した。

発車と同時に指を動かすが、湿り気を確かめるのではなく、すりすり愛撫して、気持ちよくさせたいという意志を示した。すると太腿の力がさらに緩んで、指が楽に動かせるようになった。明日香が受け容れているように思えてきた。

そうなるともう、痴漢というより恋人気分に近い。二人して公共の場でこっそり淫戯に耽っているような気になるのだった。

3

――じゃあ、そろそろ本格的に行こうか。

ショーツの端から指を潜らせると、ぬめった肉を越えて溝に嵌まり込んだ。とたんに明日香の太腿が引き締まり、両肩にも緊張が走った。

すっと縦にひとかきすると、蜜が指を伝って垂れそうなくらい溢れている。予想を上回る量だった。

正彰は目も眩みそうな昂ぶりに襲われた。紗緒里の時はここまで触れなかったから感激もひとしおだ。

『感度抜群だったからな、あの女』

ふいに粕谷の声が脳裡に甦った。あの時は昂奮と同時に羨ましくて仕方なかったが、いまや明日香の秘裂は我がものだ。中指から小指まで揃えて溝をかき、アヌスの方まで塗り広げてやる。

羞恥を煽るつもりでそうしたのだが、意外なことに太腿だけでなく全身の強張りが解けていく。ようやく快楽に身を任せるようになったのかもしれない。

そういえばあれだけ赤かった頬や耳も、いつの間にか褪せて普通の肌の色に戻っている。濡れている事実を知られてしまったら、恥ずかしさより気持ちよさが勝るのだろうか。

『中はミミズ千匹、いやらしく蠢いて、締めつけもエロい。あの女は間違いなく名器だよ』

再び粕谷の声が響いた。早くその感触を確かめたくて気が逸る。

秘孔の窪みに中指をあてがって、気を持たせるように少し間を置いた。それからおもむろに埋め込んでいく。

入口の肉の輪を潜る時からもう緊縮が起きて、第二関節が入ったところでさらに強まった。中をさぐると軟らかな粘膜も締めつけてきた。

——指、入れた……ホントに入れてる！

初めて経験する指入れに胸が躍った。三十数年前、女の体を初めて知った時とはまた違う感動が押し寄せる。

明日香は俯いたままおとなしくしているが、ぴたっと体が密着しているおかげで、痴漢の指に全神経を集中させているのがよくわかる。

それは正彰もまったく同じだ。内壁の手触りを確かめると、細かな凹凸が隙間なく指を包んで妖しく蠢いた。

——これがあの〝ミミズ千匹〟なのか……確かにエロいな。もう少し奥まで入るといいんだが……。

身長の差があるから難しそうだが、もうちょっと頑張ってみる。

明日香の腰がくねって膣口もきゅっと締まったので、裏側の気持ちいいところ、つまり裏Gに届いたようだ。

正彰はそのポイントをしっかり記憶してから、ぐるりとかき回した。最初は中で円を描き、続いて入口も同じようにしてみる。肉の輪を広げるようにぐりぐりやりだしたとたん、太腿がぎゅっと閉まって手を挟まれ、自由にかき回せなくなった。

ほどなく緩めてくれたが、再開するとまた挟みつけられ、三度目でようやく力が入らなくなった。

そんなことを繰り返すうちに蜜の量がまた増えて、さらに滑りがよくなった。

いったん引き抜いて、薬指を加えて二本にする。突き入れる最初こそきつかったが、あとはすんなり埋め込めた。

浅いところで抽送をはじめると、第一関節の節くれが膣口を出たり入ったりするのが感じるらしく、明日香はまたも太腿を強く閉じた。膣口も締まって、中は痙攣するようにひくひくしている。

細かな凹凸が紗緒里よりはっきりしていて、ペニスを挿入したら、ぬめった摩擦感がさぞかし気持ちいいだろう。

抜き挿しを少しずつ深くしていくと、内壁の妖しい蠢動がいっそうさかんになる。譬《たと》えるとすれば、微小生物がびっしり貼りついて蠢いている感じだろうか。

ミミズ千匹とはよく言ったものだ。

さっきの気持ちいいポイントに戻って、指の腹で押すように摩擦する。小刻みに擦るやり方は、紗緒里の求めに応えて覚えたもので、激しく指を使わなくても、明日香は気持ちよさそうに尻を揺らめかせた。

正彰はますます昂ぶって、恋人気分で耳の裏側にそっと息を吹きかけた。とたんに膣口が締まって、快感が露わになった。

熱い息を吹きかけながら裏Gを攻めていると、ふいに明日香が寄りかかってきて、くちびるが耳に触れた。無意識に舌が出て、ちろっと舐めてしまった。慌てて両脇を窺うが、たぶん誰からも見えない角度だとわかり、あらためて舌先でちろちろやってみる。

明日香はわずかに肩を竦めただけで、心地よさそうに綺麗な耳を晒したままでいる。すっかり身を任せる彼女が、ますます恋人のように思えてくる。

ふと正彰は、会社でもこんなことができたら面白いのにと思った。エレベーターで乗り合わせた場面が頭に浮かんだのだが、満員電車だからこそ気づかれずにできるので、苦笑いするしかなかった。

膣口が第二関節のあたりを断続的に締めつけているが、それに抗うように円を描くと、またも太腿が強く閉まって指の動きを抑える。紗緒里から聞いた粕谷の指使いを真似たのだが、効果は抜群だ。

かまわずぐりぐりやり続けると、太腿の力が抜けて明日香がしゃがみ込みそうになった。指を挿入したまま左手で支える状態になってしまって慌てたが、何とか事なきをえると、彼女も持ち直した。

だが、膣口はいっそう強く収縮して、肉壺全体が指を引っ張り込むように、ひくひく引き攣っている。その部分だけ明日香本人とは別の意志が働いているような、何とも妖しい動きだ。

――粕谷さんが言ってたのは、このことだ！

感心しているうちに動きが治まってきたので、再び膣口を抉り回す。指の腹で裏側の気持ちいいポイントを捉えたままだから、そちらにも軽く圧迫するような摩擦が加わっている。

すぐにまた淫靡な引き攣りが起こり、緊縮もぶり返した。すると明日香がくたっと体を預けてきた。しゃがみそうにはならないものの、寄りかかってやっと立っているような状態は先週とまったく同じだ。

俯いた顔の向きが微妙に変わっている。耳を正彰の方に向けて、くちびるや舌を触れやすくしているようだった。

見た目より充実した肉の重みをしっかり受け留めると、自分一人でここまで感じさせていることに心が躍った。こうなるともう、イクまで気持ちよくさせたいという欲求を抑えるのは難しい。

——でも、イク時の反応が大きいと、周りの人に気づかれるよな……。

そんなことも考えてはみるが、終点のI駅到着間際なら、たとえ不審に思われてもさっさと降りれば平気だろうと、楽観的な方に傾いていく。

先週、粕谷たちがイカせたのも終点が近づいてからだった。そのことを思い出して、心は決まった。

正彰は二本の指で攪拌を続け、快楽の波を高いところでキープしてやりながら、抱擁気分で明日香の耳に触れた。くちびるで軽く触れ、ちろちろ舌を使う。微かに肩を震わせるのが、いかにも気持ちよさそうで、本格的に舌を這わせたくなってしまう。

暴走は何とか抑えるが、くちびると舌を使って微妙なタッチで接触を続ける。熱い吐息をそっとかけるのも忘れない。それはまさに愛撫そのもので、体を預ける明日香と気持ちまで一体化した気分だ。

明日香の耳を密かに可愛がり、同時に肉壺を攻めている。そのことにふと気がついて、大した進歩だと自信が湧いた。紗緒里に痴漢した時は、バストと太腿の両方を同時に攻めることができなかったのだ。

粕谷の顔が脳裡に浮かび、これだけ進歩したことを報告しようかどうしようか考えていると、終点の案内アナウンスが流れた。外を見ると、間もなく減速するところまで来ていた。

正彰は気が逸るのを抑え、綺麗な耳をひと舐めしてから、一気にラストスパートに突入した。

膣口の攪拌を速め、中では裏側のポイントをしっかり捉えて小刻みに圧迫摩擦する。明日香の太腿がその手を強く挟み込むが、負けじと抉り回す。

肉壺がきゅっと収縮して、指を奥へ引き込もうとする。卑猥な動きに応えて、指先もぐるぐるやって内壁の凹凸を擦る。裏も表も一緒に嬲り回すのだ。

軟らかな粘膜は、二本の指にぴたっと吸いついて、さざ波のように細かなひくつきを起こした。

ドアの外にホームが見えたところで指先を裏Gに戻し、膣口の円運動を激しくする。明日香はすっかり俯いてしまい、わずかに腰を戦慄《わなな》かせた。周りに気づかれるほどではないが、アクメが近づいているのは間違いない。

電車はさらに減速して、外を流れるホームがはっきり見えてきた。手首から先だけを激しく動かそうとすると腕が攣りそうだが、膣口がいっそう引き締まるのに後押しされて、必死に攪拌を続ける。

もうあと数秒で停車というところで、明日香の腰が大きく揺れて、全身が硬直した。直後に入口と中で別々に強い収縮が起きた。

前の会社員が何事かと振り向いたので、名残を惜しむ間もなく指を引き抜き、下着を整える。すぐにドアが開いて、会社員は前に向き直った。

ぐったり寄りかかった明日香と離れるのは残念だが、そうも言ってられず、背中を押してドアに向かわせる。

降車すると、ふらつく足どりの明日香と反対の階段に向かった。すぐ振り返って見ても、彼女はもう人の波の中に消えていた。

4

『けさもたのしんでもらえたようだな。あんたのミミはきれいだから、ついなめたくなった。できればアソコもなめてやりたいよ。いんらんハケンOLのモリミヤさんへ。うしろのしょうめんより』

明日香に指人れまでできて、正彰は会社に着いても気持ちは高揚したままだ。また彼女に羞恥を味わわせようと、紙切れに角張った字で卑猥な手紙を書くと、小さく折りたたんでポケットにしまい、急いでトイレの個室から出た。

それから給湯室へ行って自分のお茶を入れながら、隙を見て明日香のマグカップの下に隠した。先週は彼女が昼食に出かけた隙に手紙を置いたが、二度目の今日は同じパターンは避けた方がいいと考えたのだ。

正彰の会社は女性社員のお茶くみ当番制をかなり前に廃止した。給湯室の棚に個人のカップを置いておき、それぞれ自分で入れることになっている。カップを他人が使うことはないが、自分がお茶を飲むついでに他の人にも入れてあげることはある。

だから、そんなところに卑猥な手紙を置かれていたら、明日香はびっくりするに違いない。ちょっとした偶然で誰かに見られ、痴漢に指を入れられたことがバレてしまう可能性があるからだ。

先週と違って手紙を見た時の様子を観察できないのは残念だが、動揺したり羞恥にあえぐ彼女を想像するのは愉しい。また素知らぬふりをして話しかけてみるのも面白いだろう。

ところが、現実はそんな思惑を良い意味で裏切ってくれた。明日香が給湯室にやって来たのだ。

「おはようございます」

「おはよう。相変わらず早いね、森宮さんは」

「いえ、仕事の準備もありますから」

「ふむ。それは感心だね」

何でもない朝の会話が、正彰にはたまらなく刺激的だ。この真面目な派遣ＯＬが、ついさっきまで夥《おびただ》しい蜜でアソコをぐしょ濡れにして、自分の指で気をやった。いやらしい粘膜の感触は、まだ指に残っているのだ。

その痴漢が目の前にいるとも知らず、健気にいつもの顔で仕事に臨もうとしている。これ以上の愉悦があるだろうか。

明日香はどのお茶にしようか、棚の箱を眺めている。正彰は早くカップを取らないかと、膨らむ期待感でドキドキしている。

「その紅茶、アールグレイっていったっけ？　いま入れてみたけどおいしいね」

「これですね。わたしも好きです」

自分のお茶は入れたからもう用はないのに、明日香が手紙を見るまで粘るつもりで話を繋いだ。すると彼女は、

「わたしも同じのにしよう」

アールグレイのティーバッグを箱から取って、自分のカップに手を伸ばす。

期待した一瞬を見逃すまいと、正彰は彼女の横顔に釘付けだ。

マグカップの下に紙切れがあるのを見たとたん、明日香は目を見開いた。先週と同じように細くたたんでおいたので、卑猥な手紙だということは一目瞭然。慌てて手に取って握り込んだ。心持ち血の気が引いている。

「ん？　なんだろう、いまの紙切れ」

「なんでもありません！」

ごく普通に尋ねたのに、強い調子で遮られた。正彰はちょっとたじろいだふうを装ってから、くだけた口調で穏やかに言う。

「開けて見てもいないのに、なんでもないって言われると、かえって怪しいねえ。男子社員からこっそりお誘いでもあるのかな」

あまり詮索する感じにならないように注意したが、明日香は黙って首を振った。

「それにしても、紙に書いて置いておくなんて、いまどき珍しいことするんもんだな。メールですむだろうに」

独り言のように呟きながら表情を観察する。明日香はティーバッグを入れたカップにポットの湯を注ぎながら、心がどこか遠いところに向いている様子だ。

「そんな顔されると、やっぱり気になるね。なにか心配事でもあるんじゃないのかな」

「いえ、大丈夫です。本当になんでもありませんから。お気遣い、どうもありがとうございます」

上司らしく気遣いを見せると、表情が急に柔らかくなった。血の気が戻り、それどころか頬がほんのり上気してきた。電車内のことを何か思い出したのかもしれない。

正彰も彼女の真っ赤になった頬や耳を思い浮かべる。すると、股間がむずむず疼いてきて、悩ましいヒップの弾力まで甦るようだ。

「もしかして社内の誰かからセクハラを受けてる、なんてことはないだろうね。もちろんこれは総務の人間として尋ねてるんだけど」

言い終わらないうちに、明日香の頬がますます紅潮する。

「そんな、セクハラなんて……ないです」

〝セクハラ〟も〝社内の誰か〟も、あまりに的確過ぎたかもしれないが、それならもう少し驚いたり怯える表情を見せてもいいのに、顔つきが妙に色っぽい。艶めいている、と言っていいくらいで、普段の隙を見せない真面目な派遣ＯＬとはずいぶん落差がある。

『彼女、Ｍの気があるんじゃないか』

粕谷がそう言っていたのを思い出した。痴漢を拒まなかっただけでなく、社内の誰かに恥ずかしい思いをさせられても、こんな色香を滲ませるくらいだから、あながち間違ってはいないかもしれない。

「念のため訊いただけだから、気に障ったら許してほしい。まあ、とにかくだね、ちょっとしたことでも、なにか困ってることがあったら、遠慮なく総務に相談していいんだからね」

やさしい言葉をかけるほど、いたぶっている気分が高まる。

正彰はこれからも電車で乗り合わせるたびに指を挿入してやろうと思っている。だが、この明日香の様子を見ると、卑猥な手紙で辱めるだけでは何となく物足りない気もしてくるのだった。

第六章　恥ずかしい相談

1

　明日香を車内でイカせてからひと月あまりになるが、あれからだいたい週に二回くらいの割合で彼女と同じ電車に乗っている。

　もちろん痴漢が目的で、拒まないことはわかっているから、チャンスと見ればすかさずスカートの中に侵入する。

　これまでに彼女がいつもの時間に乗らない週が一度あった。見かけない日から三日連続でいなかったのでその週は諦めたが、いない理由で思い当たったのは、月に一度やって来る都合の悪い時期ではなかったか、ということだ。

粕谷たちの囲みに加えてもらって初めて触ったあとにも、同じことがあった。あの時はもう痴漢に遭わないように時間をずらしたものと思ったが、どうやら女性の事情があったらしい。

――それなら次は……。

カレンダーを見て、先の予定を頭に入れておく正彰だった。

それにしても明日香は本当に濡れやすい体質だ。下着のゴムを潜るたびにそう思う。指がふやけるほど蜜を溢れさせるので、激しく攪拌すると音が聞こえそうでヒヤヒヤする。

彼女もそれが恥ずかしくて、いっそう濡れてしまうのかもしれない。やはりMの気があるのだろう。

そう思う理由はもうひとつあった。振り向けば痴漢の正体がわかって訴えることもできるのに、それはまったく考えていないらしい。いつも俯いてしまい、甘んじて指を入れられている。そして、会社で卑猥な言葉で辱められるのだ。

手紙はずっと給湯室のマグカップの下に隠している。たまに小さく折った紙の端が微かに見えるくらいにわざと置いて、彼女を慌てさせたりもする。実際に狼狽《うろた》えるところは見られなくても、脳裡にはっきり描けるから愉しい。

粕谷から連絡が入った時に、明日香のことは報告しておいた。「邪魔はしないよ」と言われ、同じ電車になっても違う車両に乗るから、存分に愉しんでくれということだった。

その後、〝遠征〟に誘われ、終業後にJ線まで出向いたことがあった。知り合いの常連と〝囲み〟をやるということで、そのうちの一人がよくエジキにしている人妻ＯＬが標的だった。

痴漢中毒といえるくらい病みつきな女で、いつも捲りやすいスカートに生足で満員電車に乗っているという。それを五人でがっちり囲んで、電車内とは思えないくらい好き放題に嬲りつくした。

正彰は生のペニスを女の太腿に擦りつけるという、鮮烈な経験をさせてもらった。ただし、精液をかけて服や体を汚してはいけないという彼らのルールに従ったので、あとでトイレで処理するしかなかった。

射精したければ予めコンドーム着用と言われていたが、そうするべきだったのか、それとも生の接触で正解だったのか、結論は出ていない。

そんなことがあって、試しにコンドームを着けて明日香の生尻に擦りつけてみたいとは思っているが、電車の中でズボンからペニスを出すのだから、たった一人でやるにはリスクが高い。勇気だけではなく運も必要なので、なかなか実行に移せていない。

紗緒里とはもう一度ホテルで会って、蕩けるほど濃密なひとときを過ごした。フェラやクンニにたっぷり時間をかけて、結合すると騎乗位で淫らに腰を使われ、正彰も後ろから前から激しく突きまくった。

何度も交代しながら好きなように攻め合うパターンは、初めて紗緒里と関係した時からすでに出来上がっていたようで、それだけセックスの相性が良いということだ。

いつ会うかはもっぱら彼女のペースで、次は来月あたりと言われているが、正彰自身、たまに会う方がより激しいセックスを堪能できると思っている。まあ、頻繁に会っていては体がもたない、というのが正直なところではある。

それにしても、五十を過ぎてここまで性的な充実感を味わえるとは思っていなかった。妻は家を出たままだが、おかげでこれまで不満も不安も感じることなく独身生活が続いている。

このまま別居生活が長引いてもかまわないし、離婚したいと言われればしてもいいと思うようになった。やっぱり別居はやめると言って妻が戻って来たら、それが正彰にとっていちばん困ることかもしれない。

2

森宮明日香が総務の正彰のところにやって来たのは、終業時刻まで一時間を切った頃だった。

「仕事が終わったら、ちょっとご相談したいことがあるんですが、お時間よろしいでしょうか」

神妙な表情で言うので何事かと思ったが、もしや痴漢のことではないかと、すぐさま不安に駆られた。犯人であることがバレて彼女に詰め寄られている図が脳裡をかすめる。

「えっ、なに？　……大丈夫だけど、どういった件なのかだけでも聞いておこうか」

「それが、いまはちょっと……」

他の社員を気にして声を潜めるので、懸念が広がる。一応、心の準備だけでもしておきたかったのだが、もし痴漢のことであれば、そもそもこの場でそれを口にするはずもなかった。

「わかった。では、終わってから面談室で話を聞こうか」

「よろしくお願いします」

丁寧に礼をして自分の席に戻る様子が、正彰の不安を煽った。何やら固い決意のようなものを感じさせるからだ。

――どうしてバレたんだ……。

触っている時に明日香が後ろを見たことは一度もないし、ドアのガラスに顔が映りそうな場所は前もってよく注意しているから、うっかり忘れたというのは考えにくい。

他に何か見落としてることはないか、思い返してみる。駅で彼女を見つける前に、すでに気づかれていた可能性はゼロとは言いきれない。だが、それならどうして触られるままでいたのか、という疑問は残る。

いろいろ考えを巡らせるので終業まで仕事が手につかなくて、結局、不安を抱えたまま、明日香から話を聞くことになった。

全社的な目標として、社内残業はなるべく一時間以内で終えることになっているので、部下たちには適当なところで切り上げて、挨拶無用で帰るように指示しておいた。

それから明日香を面談室に呼んで、ドアのプレートを〝使用中〟に替えた。これで面談室に近づく者は、たぶんいないはずだ。

「すみません、お時間を取っていただいて」

「いや、これも総務の仕事のうちだから、気にすることはないよ。早速であれだけど、なにか困ったことでも？」

「ええ、実は……」

テーブルを挟んで向かい合うと、チラッと外の様子を気にしたので、心配は要らないからと言って先を促した。

面談室は同じフロアの奥にある十平方メートル程度の部屋で、声が洩れにくい作りであることから、総務部では人事関係など内密の打ち合わせや、社員からの相談や聞き取りなどに使っている。

明日香とは派遣契約を更新する時など、何度かここで話し合っているので、他の社員に聞かれたくない話でも安心してできることは、彼女も心得ているはずだった。

「最近、わたし宛に、いやらしいことを書いた手紙が届くんです」

「いやらしいこと?」

「ええ。そうなんです」

不安が的中して、返す言葉がかすれ気味になる。だが、痴漢じゃなくてそっちの話から切り出すのか、という思いもあった。

「いったい誰がそんなことを?」

「誰がやってるかは、わからないんですけど」

正彰を見つめる表情に、問い詰めようという強い意志は表れていない。疑ってはいるが確信に至ってないので、まず手紙のことから話して、正彰がどう反応するかを見極めようというのかもしれない。そういうことであれば、ボロを出さないように平静を保たないといけない。

「どんなことを書かれているのか、話してもらえるのかな」

「それが、根も葉もない痴漢の話なんです。電車でわたしに触ったと言って、その時どうだったとか、いやらしいことをいっぱい書いて……」

「されてもいない痴漢の話をデッチ上げられたってこと?」

「そうなんです」

平然と嘘を言うので、少々頭が混乱してきた。正彰が痴漢だと疑っているなら、架空の痴漢話にしてしまっては意味がない。
だが、黒縁眼鏡の奥の目は、何かを企んでいるようには見えなかった。という
より、微かに怯えの色を含んでいて、部屋に入った時とは微妙に変わってきた。
「実際に痴漢されてるわけではないんだね？」
「ええ……」
念を押してみると、やっと聞こえる小さな声で返事をして俯いた。ほんの少し
だが、頬を上気させているようでもある。
——電車でもこんな顔なんだろうな……。
いつも背後から触るので、正面の顔つきは想像の域を出なかったが、触りはじ
めた時はこんなふうではないかと思わせる表情だった。
「痴漢されてないにもかかわらず、したように書いてくるのか……」
とぼけて呟くと、頬がはっきり桜色に変わった。すぼめた肩をもじもじさせて、
視線は落ち着きを失くしたようにテーブルの上を彷徨《さまよ》いはじめた。そんな様子を
見ていると、痴漢されたことを白状させたらどうなるだろうと興味が湧いた。
「ねえ森宮さん。ひょっとしたらって思うんだけど、根も葉もないことじゃなく
て、実際は痴漢されてるってことはないのかな？　もしそうなら本当のことを話

してもらえないか、絶対に口外しないから」

白々しいことを、さも親身になっているように言うと、明日香はすっかり俯いてしまった。

「やっぱり……そうなのか。まあ、言いにくいのはわかるけど、本当のことを言ってくれないと、相談に乗りようがないからね」

「申し訳ありません。恥ずかしかったもので、つい……」

恐縮しながらも、頬を染めたままでいる。理知的な黒縁眼鏡のせいで、かえって艶めいた感じが強調された。

やはり自分が疑われているのではないと思い、正彰はますます勢いづいた。真剣に相談に乗るふりをして、精神的にもっといたぶってみたくなる。

「いや、いいんだ。要するに、痴漢されて、それをネタにいやらしいことを書かれてセクハラされているというわけだね」

「そういうことになります」

「どんなことを書かれたのか、教えてもらえるとありがたいんだが」

「具体的に、ですか」

「できるだけね。いや、恥ずかしいとは思うけど、どう対処したらいいか考えるには、そういうこともちゃんと知っておいた方がいいからね」

紙切れに書いた卑猥な言葉を明日香の口から言わせたくて、もっともらしい理由をつけた。痴漢のことについても、彼女に具体的に話させたら面白いだろう。あの猥褻な行為をどういう言葉で説明するのか、想像するだけでぞくぞくしてしまう。

「そうですね。わかりました」

納得して頷いたものの、明日香が手紙に書かれた卑猥な言葉を口にすることはなかった。

3

明日香は脇に置いたバッグを開けて手帳を取り出し、挟んであった数枚の紙切れをテーブルに置いた。

「これがそうです」

自分が書いた手紙を全部並べられて、正彰は目を丸くした。

──破り捨てたんじゃなかったのか!?

よく見ると、一度くしゃくしゃにして丁寧に皺を伸ばしたものが二枚、残りは正彰の折り皺しかなくて、受け取ったままきちんと保管していたことが知れた。

「ちょっと、読ませてもらっていいかな」

あらためて読まなくても文面は憶えているが、とりあえず目を通してみる。

まさか手元に残しているとは思わなかったが、どうしてそうしようという気になったのかを推測すると、なかなか興味深いものがあった。

「なるほど、これは酷いな……」

正彰は書かれている内容にオーバーに驚いてみせる。

卑猥な文章を目の前で読まれ、明日香の顔がみるみる赤くなった。わざわざ持参して見せた理由が、その羞恥の表情にあるように思えた。やはり彼女は、Mの気があるのだろう。

遠慮なく総務に相談するよう勧めておいたことが、こうして彼女の本性を暴き見ることに繋がった。何が幸いするか、本当にわからないものだ。

「アソコの中って、直接触るだけじゃなくて指を入れたってことか。そんな酷いことを……びしょ濡れって、こっちにも書いてあるね。あ、これもか……よくこんなデタラメばっかり書けるもんだ」

淡々とひとり言のようにしゃべりながら、すべて目を通していく。読み終わると、明日香は顔を伏せたまま、茹ったように真っ赤になっていた。

「それにしても、よく捨てずに取っておいたね」

「最初は破って捨てるつもりだったんですけど……」

「こういうものはセクハラの証拠として重要だからね」

犯人とも知らずに打ち明けた明日香がいたいけに思え、抱きしめたくなってしまう。どこまでカミングアウトさせられるか、挑みがいを感じてほくそ笑んだ。

「念のため確認しておくけど……」

立ち上がって明日香の隣の椅子に移動して、顔を覗き込むように尋ねる。

「ここに書かれてるのはほとんどデタラメなんだろう？　痴漢されたといっても、実際にこんな酷いことされたわけじゃないよね」

「……………」

もう嘘は言わないだろうと踏んでいたが図星だった。

「まさか、下着の中にまで手を入れられたのか……直接アソコを……」

にわかに信じがたいといった口調で言い、我ながらかなりの演技力だと自信を深めた。さらに耳元に近づいて、思いきりやさしく声をかける。

「本当にこんなことまでされたの？」

「……はい、そこに書いてある通りです」

蚊の鳴くような声で認めると、明日香は酒に酔ったみたいに、とろんとした目になった。巧く白状させることができて快哉を叫んだが、すかさず追い打ちをかける。

「濡れてたっていうのも間違いない？」

「間違いないです」

「指も、入れられた？」

「入れられました」

催眠術にかかったように答えが返ってくる。だんだんとしっかりした声になるので、ちょっと横道に逸れて突っ込んだ質問をしてみる。

「森宮さんは、どちらかと言うと濡れやすい体質なのかな」

「よくわからないけど……そうかもしれません」

明日香は上気しきった顔で、熱に浮かされたように告白する。そんなことまでしゃべってしまう自分を羞じらい、昂っているのがよくわかる。

「びしょ濡れって書いてあるくらいだから、かなり濡れたんだろうね。痴漢に触られると、すぐ濡れちゃうのかな」

以前、ビジネスホテルで見た有料チャンネルのＡＶに、いやらしい言葉で羞恥を煽って女性を昂らせるものがあった。それが何となく記憶に残っていたようだが、正彰は似たようなもの言いをしている自分に酔っているところがあり、気分的にはその男優になりきっていた。

「濡れてるって痴漢に知られるのは、やっぱり恥ずかしいだろうね」

「そ、それはもちろん……」

さり気なく明日香の太腿に手を置くと、びくんと体が硬直した。だが、その手をジッと見つめるだけで、退けようとはしない。

ネイビーブルーのスカートは薄いポリエステル地で、太腿の肉づきの良さがはっきり感じ取れる。とりわけ内腿の溶けてしまいそうな柔らかさに心を奪われた。

「でも、濡れちゃったら、痴漢に文句は言えないね。それだけ気持ちよくしてもらったんだから、逆に感謝しないといけないのかな」

外の気配に注意しながらそっと撫で回すと、五センチ幅くらいのレースに触れた。その先は素肌のようで、今日も太腿までのストッキングだとわかると、悪い虫がさらに騒ぎだした。

「ちょっと待ってくれ。大事なことを訊き忘れてた。森宮さんは痴漢に触られて、抵抗したわけだよね」

「……」

「しなかったのか？　どうして？　怖くてできなかった？」

答えられないのをいいことに、触り方がどんどん露骨になる。鼠蹊部まで進むと、そのまま秘丘を撫でて微かなざらつきをさがす。明日香はますます酔ったようになり、虚ろな表情でくちびるをあえがせた。

しばらく丘の上で遊んでからいったん内腿を辿って戻り、スカートの下に手を差し入れる。

「ということは、こんなことをされても、拒まなかったんだ」

尋ねる口調だったのが、いつの間にか断定的になっている。内腿の素肌に触れたとたん、明日香はぎゅっと脚を閉じた。しかし、それもほんの一時で、すぐに緩んで侵入を拒まない。

合わせ目から潜り込むと、下着に湿り気が感じられた。何度も念入りに確かめて羞恥を煽る。明日香は俯いた顔をやや背け、されるままになっている。

「それじゃあ、その痴漢はこんなことも簡単にできたわけだ」

下着の端をかい潜って谷奥をさぐると、予想を上回る溢れようだった。指先がにゅるっと滑って、奥の蜜をさらに搾り出す。淫裂をぐるりと囲む縮れ毛も、あっという間に濡れてしまう。

まだ触りはじめたばかりだというのに、電車の時よりも濡れている。いやらしい言葉を浴びせられるだけで、すっかり昂奮してしまったようだ。

焦らすように肉びらの周囲をわざとゆっくり徘徊すると、明日香の吐息が荒くなった。逸る気を抑えることで、正彰自身も昂ぶりが増している。

片手を遊ばせておくのはもったいないので、バストを鷲摑みにする。着瘦せするのはこちらも同じで、手のひらにあまる豊かな量感に心が沸き立った。大きな円を描くように揉みしだくと、さらに蜜が溢れて、踊るように指が滑る。

ますます自信を深めた正彰は、会社内であるにもかかわらず、もっと破廉恥なことをしてみたい衝動に駆られた。

4

「すごいね、本当にびしょ濡れだ。仕事も性格も真面目な派遣さんだと思ってたけど、見かけとずいぶん違うんだな。これじゃ淫乱て言われても仕方ないよ」

「そ、そんな……違います、わたし……そんなんじゃありません」

いやらしいことを囁きながら秘肉をいじり回すと、明日香は顔を背けていやいやをする。

「なにが違うのかな。こんなになってるじゃないか」

「ああっ……」

ぬめった蜜穴に中指を突き立てると、あっさり埋まって淫靡な締めつけにあった。ひくひく締まって奥へ引き込もうとする。

「すごいな。ミミズ千匹と書いてあったのは、これのことか。なるほどね」

さも感心そうに蜜穴を抉り、Gスポットをさがす。裏側よりやや浅いところにざらざらした箇所があり、ここかと思って圧迫すると、明日香が寄りかかってきて、座った腰を悩ましくくねらせた。

「や、やめてください、次長……ああ、そんな……」

「大きい声を出さなければ大丈夫。ちょっとぐらいなら、聞こえやしないよ」

「だめです、そんな……」

明日香をもう少し浅く座らせると、自由に抜き挿しできるようになった。奥深くを抉ったり、浅いところを擦ったり、時間をかけてたっぷり嬲り尽くす。やがて彼女の体から力が抜けて、寄りかかる重みがぐんと増した。

脱力して人形のようになった明日香を背もたれに預け、ショーツを脱がせにかかった。すると、ぐったり気怠そうに見えた彼女が、腰を浮かせて協力する。

「だめって言いながら、脱がせやすくしてくれるんだね」

頬を染めて困ったように眉根を寄せる表情は、もっと意地悪してと訴えているように見える。

下着を足から抜き取ると、スカートの裾を捲ってウエストに挟み込み、垂れてこないようにした。さらにテーブルを横にずらして、明日香の前にスペースを空ける。そうしておいて大股開きのポーズを取らせると、蜜にまみれた淫花が満開になって、ぽつんと小さな穴まで覗かせた。

「これはいい。なかなかエロい眺めだ。おっと、隠しちゃだめだよ」

手をどけるように言うと、泣きそうに顔を歪めながらも素直に従う。

会社の面談室で、黒縁眼鏡の真面目な派遣ＯＬが、大きく脚を開いて濡れた秘部を晒している。秘丘いっぱいに密生した性毛は、花びらを細く囲んで肛門まで達している。少し離れて見ると、猥褻極まりない光景になった。

花蜜でべっとり濡れた指を、彼女が見ている前で嗅ぐと、

「やめてください、そんな……」

脚を広げたままで、いやいやをする。

指は微かに磯の香りがするだけで、舐めても自分の指の塩気しか感じない。やはり直に嗅いで舐めるしかなさそうだ。

会社の一室でそんなことをするなんて、まさに破廉恥の極みだが、念のため面談室の外の状況を確認した方がよさそうだ。

「ちょっと外の様子を見てくるから、そのままジッとしてるんだよ」

いったん面談室から出て、残っている社員がどの程度いるかを見ると、フロアはかなり疎《まば》らになっていた。総務の数人も帰り支度を始めたようだし、何より面談室から近い部署が皆帰ってしまったのは好都合だった。

戻ってドアを開けた瞬間、正彰は烈しく胸を昂らせた。ジッとしているように

言っておいた明日香が、本当に両脚開いて淫部を見せたままでいたのだ。さっきと変わったのは、泣きだしそうだった顔が、陶酔したように蕩けていることだけだった。

「これはすごい！」

まさしくM女の真骨頂と言うべき姿に、感動を禁じえない。すぐ部屋に入ってしまうのは惜しい気がして、ドアを開けたまま、一歩下がって外からじっくり眺めることにした。

「ああっ……」

明日香は恥ずかしそうに息をあえがせるが、それにしては俯くこともなく正彰を見ている。

これだけ離れたところからでも、淫裂は濡れて艶光りしているのがわかる。内側のピンクの粘膜がひときわ鮮やかだ。よく見ると、パイプ椅子のシートに蜜が滴っている。

――このまま何もしなくても、恥ずかしい姿を晒しているだけでイッてしまうんじゃないか。

そう思えるくらい、明日香の表情は快楽の高みを彷徨っている。こうなったら会社の中でもかまわないからアクメを味わわせてやりたい。

正彰はしばらく放置してからドアを閉めた。内鍵が付いてないのは残念だが、使用中の表示にしておけば、明日香がよほど大きな声を出さない限り、誰かが入ってくることはないはずだ。むしろ鍵をかけられない方が、スリリングな昂奮を味わえるだろう。

ドアを背にして立つと、彼女の蕩ける視線は正彰の顔からするする下がり、もこっと盛り上がった股間で止まった。なぜかペニスを撫でられたように感じて、ぴくっと脈を打つ。

——見られているだけで昂奮するか……。

明日香の昂ぶりが伝染したのか、彼もまた見られることが心地よかった。紗緒里に褒められ、まじまじ見られた時は照れくさかったが、明日香の視線にはぞくぞくさせる何かがある。

見せつけるように股間を撫でると、さらに熱いまなざしを注がれ、この場でペニスを露出したい衝動に駆られる。だが、彼女に羞恥のアクメを味わわせる方が先だ。

正彰は彼女に歩み寄ると、広げた脚の間にしゃがみ込んだ。淫部を間近で眺め、ゆっくりと顔を近づける。

「ああ、次長……近すぎます、そんな……」

「近づかないと、きみの匂いがわからないじゃないか」

「そんなの、わからなくていいですから」

明日香の顔を見上げながら、淫裂ぎりぎりまで迫る。すると、ふいに女の匂いが濃くなった。紗緒里の乳酪系の醗酵臭と違って、やはり磯の潮溜まりを思わせる生臭さがある。

蕩けた表情を眺めながら嗅いでいると、いつもの理知的な彼女とのギャップにそそられる。この匂いだけでなく、肉びらを縁取るほど密生した秘毛といい、蜜壺の妖しく蠢くさまといい、彼女の実態はことごとく見た目を裏切ってくれる。

「やめてください、次長……そんなに嗅いだりしないで……ああっ……」

くんくん鼻を鳴らして牝臭を嗅ぐと、明日香は声を抑えて訴えた。表情はさらに甘く崩れていく。

「う～ん、とってもいい匂いだ」

「そ、そんなのウソです……恥ずかしいから、もうやめて」

「やめてと言いながら、脚を広げたままなんだね」

嘲るように言っても、明日香は大きく脚を開いて淫部を嗅がれるままでいる。溢れる蜜が滴って、椅子の上にさらに広がっていく。もう尻の下までべっとり濡れているはずだ。

舌を伸ばして溝を掬ってみる。酸味は思ったほどではないが、何しろ量が夥しい。舌全体に染みわたって、口の中が卑猥な牝の匂いでいっぱいになりそうだ。

溝に溜まった蜜を舐め取って、莢《さや》の上から秘豆をくすぐってみた。

「あんっ！」

とたんに甘い声が上がり、椅子から尻が浮いた。

「大きい声を出したら駄目じゃないか。人が来たらどうする。こんな卑猥な姿、見られたらきみが困るだろう？　もう会社に出てこれなくなるよ」

やや脅かし気味に言った。明日香はくちびるを引き結んで外の様子を気にしている。再び秘豆を攻め、舌先で莢を剝くと、腰をくねらせながら、何とか声を抑えようと自分の指を咬む。それでもくぐもった声が洩れてしまい、面談室はいよいよ妖しい空気で充たされていった。

正彰は指を二本挿入すると、立ち上がってくちびるを求めた。明日香は助け船に縋るように両腕を背中に回し、くちびるを強く押しつけてきた。すぐさま舌をからめて、ディープキスに没頭する勢いだ。

正彰もねっとり舌を使って、蛇のようにからめ合う。唾液を流し込んでは吸い戻し、明日香もそれに応えて舌を吸う。

だが、ちょっと指を使っただけで彼女の舌は止まり、あえぎ声が洩れだした。肉壺の感度がさらに上がっていて、敏感なポイントを圧迫するだけで膣口がきゅっと締まるのだ。粘膜の蠢動もますます妖しくなる。

締まる膣口を広げるように攪拌すると、収縮力がさらに増した。指を咥え込むというより、動きを止めようという強さだ。

「ああ、だめ……いやいや……」

声を殺して首を振る明日香を、なおも嬲り続ける。濡れ音が響くのもかまわず、ぐりぐり抉り回してアクメへと押し上げる。

明日香は仰け反って身悶えながらも、必死に正彰の目を見つめ、あえぐ息で何か言おうとしている。

「あ、あんっ……や……やっ……」

真剣に語りかけようとする様子に、手指の動きがつい疎かになった。すると彼女が思わぬことを口にした。

5

「やっ、ぱり、次長だったんですね、電車の痴漢……」

バッテリーが急に切れたように、正彰の手が止まった。

「な、なんでそれを……」

動揺するあまり、認めることになってしまった。

「だって、痴漢と同じだから……その指が……」

あえぐ息で言うと、肉壺の細かな凹凸が羞じらうようにひくついて、さらに指を引っ張り込もうとする。明日香は荒い息を整えることもままならない。

正彰は迂闊にも電車内と同じ指使いをしていたことを悔やんだが、彼女が〝やっぱり〟と言ったからには、すでに痴漢だと気づいていたのだとわかって、気持ちはほどなく落ち着いた。

「やっぱりって、予想がついてたってことだね。なんでわかった?」

「痴漢に遭うのはいつも急行に乗り換えた時で、K駅から乗るのは次長だけだって聞いたから、間違いないだろうって……」

「なるほど、そういうことか。でも、わかっているんだったら、いったいなにを相談したかったのかな」

皮肉たっぷりに囁いて、蠢き続ける粘膜をあらためて嬲ってやる。明日香は真っ赤になって顔を背けた。ざらついた表面をとりわけ丁寧に圧迫摩擦すると、椅子の背に仰け反って、くちびるを戦慄かせた。

親指で肉の芽を擦り、中と外を同時に攻めてみる。すぐさま腰が波を打ちはじめ、甘く鼻にかかった声が上がった。また指を咬んで声を殺そうとするが、抑えきるのは難しい。

同時にするのをやめて、試しにGスポットとクリトリスを交互に擦ってみた。腰のうねりは激しいままで、どちらがより感じるのかはわからないが、いずれにしても驚くほど敏感なのだ。ペニスを挿入して、抽送しながらクリ攻めをしたら簡単にイッてしまうに違いない。

いったん指を抜いて、肉びらをこねながら片手でジッパーをおろし、ブリーフから肉竿を引っ張り出す。痴漢は正彰だとわかった上でわざわざ相談を持ちかけてきたのだから、もはや何の遠慮も要らないということだ。

ペニスはすでに芯が硬くなって八分立ちの状態だ。手を添えずに腰を突き出すと、大きくエラが張った威容に明日香は目を剝いた。

「さっきはもの欲しそうな目をしてたけど、こいつが見たかったんだろう？」

圧倒されて言葉を失ったまま、食い入るように見つめるまなざしが熱い。背筋がぞくぞく痺れ、竿がぐんと反り返る。会社の面談室で堂々とペニスを突き出している異様さに、気持ちはますます昂った。

「でも……」

「ただ見てるだけじゃつまらないだろうから、好きなようにいじってみなさい」

「どうした？」

「なんだか怖い……」

素直すぎる感想に、笑いそうになる。

──あまり男を知らないのか？　あんなに濡れやすいくせに……。

真面目で硬い印象の彼女は、男が気安く誘うタイプではないから、年齢の割に経験は少ないのかもしれない。感度抜群の肉体を持ちながら、実にもったいないことだと思う。それは、彼女のみならず男にとっても、ということだ。

「大丈夫だよ、咬みついたりしないから」

「そんな……」

子供を相手にしているみたいで愉快だ。右手を取って竿を握らせると、細い指にしっとり包まれて心地よかった。彼女の緊張が手から伝わって、やはり経験が浅いか、あるいは久しぶりなのか、どちらかという気がした。

「握った感じはどう?」

「……とても硬い」

素朴な感想を口にするので、とうとう確かめずにはいなれなくなった。

「ちょっと訊いてもいいかな。きみが触ったチ○ポは、これで何本目?」

明日香は頬を赤くして俯いた。それでも竿は握ったままで、躊躇いながら左手の指を三本立てた。

「なるほどね。それじゃあ、好きにしろって言われても困っちゃうか」

こくんと頷く素直さが可愛くて、またしてもいたぶってやりたい気持ちが湧き上がる。これで本当に二十八歳なのかと思いつつ、貴重な掘出し物に出会えた幸運に感謝せずにはいられない。

「だったら、こっちの好きにさせてもらおうかな」

明日香の右手を引っ張って床にしゃがませると、顔の前にペニスを突き出した。右手は摑んだままにして、フェラチオを促すが、どうも意図が伝わらないようだった。

　問いかける目で見上げる彼女の頬に、大きく張った亀頭を擦りつける。顔を背けようとしてもかまわず擦りつける。粘液がナメクジの這った跡のように透明な筋を描いた。

　こんな荒っぽい行為は初めてなのでドキドキだったが、言い知れぬ愉悦感に心が躍る。手を使わずに、腰だけ動かして肉竿を太筆のように使うのは、思いのほか愉しかった。

「んんっ……こ、こんなの……恥ずかしすぎます」

「もっと普通にしてほしい？」

「はい。普通がいいです」

「じゃあ、ベロを出して」

　おずおずと舌を差し出すが、亀頭を触れさせるとすぐ引っ込めてしまう。

「どうした。舐めたり咥えたりは、誰だってやってることじゃないか」

　諭すように言うともう一度舌を出すので、今度は何もしないで、自分から舐めるように仕向ける。左手も摑んで、両手とも使えなくしてやった。

「ほら、ぺろぺろやって……普通に舐めればいいんだから……みんなやってることだよ」

繰り返し言ってようやく舌が伸びたと思ったら、舐め方が何ともぎこちない。

「舐めるのは嫌い？」

「そんなことないですけど、あまりやったことがないので……」

「じゃあ、教える通りにやってみなさい。まずは、ここんとこを舐めて」

亀頭の裏筋を指さすと、舌の先が遠慮がちにかすめる。それが思いのほか心地よく、軽い呻きが洩れて亀頭がむくっと膨らんだ。

その調子だと褒めながら、エラの周りから鈴口、さらには竿の根元まで舐めさせると、言われるまま懸命に舐め続ける。

ひと通りやらせてまた先端に戻り、口を丸めて亀頭に吸いつかせる。裏筋をちろちろ掃くように言うと、ずいぶんスムーズに舌が動くようになった。

「なかなか巧いじゃないか。そうそう、それが気持ちいいんだ」

飲み込みが早く、しかも丁寧なところは日頃の仕事ぶりと一致する。教えれば教えるだけ上達しそうな予感がして、それだけに彼女が関係を持った二人の男は何をしてたのかと呆れてしまう。

「そのまま亀頭全体を咥えてみようか」

大きな塊なので大変そうだが、顔を横に向けて何とか口に入れようとする。蛇が巨大な獲物を呑み込むように、亀頭がゆっくりとローズリップの輪の中に消えていく。温かなぬめりに包まれて、快感がじわじわ上昇する。

「おお、こ、これは……気持ちいい……」

思わず悦楽の声を洩らすと、明日香は言われる前に自分から舌を動かした。やっと咥え込んだ状態なので、なかなか思うようにいかないようだが、それでも健気に頑張るところが正彰の心をそそる。

「そのまま舌を動かしててくれ……」

快楽を求めて自然に腰が動きだした。小幅ながら上下に揺れて、亀頭が温かな口腔内をスライドする。気持ちいいので動きがどんどん大きくなる。

「んっ……んっ……」

明日香は口で呼吸するのが難しいらしく、強い鼻息が鼠蹊部をくすぐっている。立ち位置をずらして彼女の顔が正面を向くようにすると、舌のざらつきが裏筋を擦ってくれて、ますます快感が高まった。

「おおっ、これはたまらん！」

彼女は下腹に額を押し当てて、大きな肉塊の出入りを甘受するだけになった。

腰の上下動はさらに激しくなり、黒縁眼鏡がずれても、両手を摑んだままにして直させない。そのまま腰を使っていると、嗜虐《しぎゃく》的な気分がますます高まってくる。

明日香はかなり苦しそうで、頭を上げてペニスを吐き出そうとするが、爪先立ちになってそれを許さない。かまわず続けるうちに射精欲が兆したので、速い律動で一気にたたみかける。

口の中に撒き散らしてやろうと、最後のスパートをかけた直後だった。

「んっ……んむうっ！」

我慢できずに明日香がペニスを吐き出すのと、白濁液が噴き上がるのが、ほぼ同時だった。

明日香は呆然と口を開けたまま、ずれた黒縁眼鏡に白い樹液が筋になって飛び散り、妖しくも異様な色気を漂わせていた。

第七章　二人きりの残業

1

会社内であるにもかかわらず、強引なイラマチオで射精した昂奮は、なかなか冷めることがなかった。

明日香は床にしゃがんだまま、顔にかかった精液を拭おうともしないで、呆けたように視線を彷徨わせている。シャツに飛び散らなくてよかったが、とにかくどこかからティッシュを持ってきてやらなければ、どうしようもない。

とはいえ、正彰も剝き出しのペニスがべっとり唾液まみれになっている。ところどころに小泡が付着して、快楽の名残がなまなましい。仕方がないので、そのままブリーフに収めて部屋を出た。

近くのデスクにボックスティッシュを見つけ、急いで五、六枚抜き取った。フロアに残っている社員はもう数えるほどだった。

「これで拭きなさい。メガネにいっぱい付いちゃったからね」

「……すみません」

ティッシュをひとまとめにして渡すと、明日香はふと我に返ったように礼を言い、のろのろした動作で後始末を始めた。口元にも少し付着しているが、それは後回しにして黒縁眼鏡を先に拭く。

予想していた通り、眼鏡を外した素顔はなかなかの美人だ。派手さはないが、目鼻立ちがすっきり整っている。それだけに、口元に精液が付いたままなのが実に卑猥だった。

「メガネを取ると、ずいぶん印象が変わるね」

この顔も社内で見たのは自分だけだろうという気がする。

「恥ずかしいので、あまり見ないでください」

「どうして恥ずかしい？」

「子供の頃からずっとかけてるから、外すとどうも落ち着かなくて。なんだか服を脱がされたみたいな……」

明日香は慌てて口を噤《つぐ》んだ。変なことを言ってしまった、という思いが顔にありありと出て、眼鏡を拭く手つきが急に忙《せわ》しくなる。

「セックスの時はどうするんだ。裸になってもメガネはかけたまま?」

「……知りません、そんなこと」

率直に尋ねると、拗《す》ねた顔で横を向いてしまう。それがやけに可愛くて、思わず抱きしめたくなった。

眼鏡を綺麗にすると、別のティッシュで顔を拭こうとしたが、思い出したようにそれを秘部に当てて太腿で挟み込む。淫蜜でべとべとなのだ。

正彰はその仕種を見て、セックスをした直後のような錯覚に囚《とら》われた。まるで精液が逆流するのを押さえているようだった。

そのせいもあって、口淫と手淫しかやっていない現実に立ち返ると、新たな欲望が沸々と湧いてきた。たったいま射精したばかりだというのに、早くも物足りなさを感じてしまい、セックスしたくてたまらなくなったのだ。

――ここでやってしまおうか……。

フロアに残っていた数人の社員が脳裡をよぎる。彼らもそろそろ退社するだろうから、誰もいなくなったところで心置きなく彼女を抱けそうだ。

ところが、そういうわけにもいかないことにすぐ気がついた。警備員の巡回時刻が迫っているのだ。とりあえず会社を出てホテルに誘うか、あるいは一人暮らしの彼女の部屋へ押しかける方が愉しいかもしれない。

「そろそろ警備の巡回があるから、急いで支度しなさい」

明日香は顔も丁寧に拭って、狼藉の痕跡を消し去った。ウエストに挟んだスカートの裾も元に戻したが、下着はまだ着けていない。脱がせたショーツはテーブルの上にある。正彰はそれをズボンのポケットにしまった。

「なにをするんですか。返してください」

「これはひとまず預かっておくよ。さあ、早くしなさい。一緒に電車で帰ろう」

「そ、そんな……」

帰りの電車にノーパンで乗せられるとわかって、明日香は困惑と羞恥が入り混じるように顔を歪めた。まだ混んでいる時間帯だから、イタズラされると思ったに違いない。もちろん正彰はそのつもりだ。

「身支度できてるなら行こうか」

ドアを開けて確認すると、最後まで残っていた社員がちょうど帰るところだった。彼らがいなくなるのを待って面談室から出ると、入れ替わりに巡回の警備員が入って来た。

「まだいらっしゃいましたか」

「ええ。でも、もう帰るところですから」

「じゃあ、戸締りよろしくお願いします。お疲れ様でした」

正彰よりひと回りほど年上の警備員は、お辞儀をしていったんドアを閉めたが、すぐにまた顔を覗かせた。

「さっき見たら、三階の倉庫が開いてましたけど、もう使わないですよね」

「本当ですか？　それは閉め忘れですね。申し訳ありません」

本社の三階はフロア全体を倉庫として使い、すべての商品を揃えている。流通用の倉庫は千葉《ちば》の工場に併設しているが、本社の方は営業部が商品見本に使ったり、販売部が急ぎの補充に利用したり、用途はさまざまだ。

倉庫の管理は総務の仕事で、退社前に担当者が必ず施錠することになっているが、忘れて帰ってしまったようだ。

ふと正彰は、倉庫に明日香を連れ込んではどうかと考えた。あそこなら広い作業台をベッド代わりに使うことができる。これから一時間かけて彼女の部屋まで行くより手っ取り早いし、警備員の次の巡回までかなり時間があるからたっぷり愉しめる。

ただ、タイムレコーダーは二人とも帰ったことにしておかないと、後々面倒なことになるので、少々細工が必要だった。

「鍵、かけておきましょうか？」

「わたしが閉めて帰りますから、結構ですよ」

ではお願いしますと言って警備員が去ると、帰り支度をすませ、倉庫の鍵を持ってフロアをあとにした。

一階の警備員室の前を通り、一人それぞれＩＣカードをタイムレコーダーにかざして外に出る。それからすぐ裏へ回り、通用口の暗証ボタンを押してこっそりビル内に入った。

「こんなことして、平気なんですか」

心配そうに尋ねる明日香だが、声がややうわずって、昂ぶりが顔にも表れている。帰り支度をしながら、〝倉庫へ忍び込む〟という言い方をしたので、危ない橋を渡って淫らな行為を仕掛けるつもりだと理解したのだろう。

彼女がそれだけスリルを感じているなら、わざわざ安心させてやることもない。

「どうかな、たぶんバレないと思うけど……」

頼りなさげに言い、階段を使って三階の倉庫へ向かう。正彰自身、リスクを感じていないわけではなく、非常灯だけになった通路を行くうちに、異様に胸が昂ぶりだした。

2

「暗いのは我慢するんだよ。明かりを点《つ》けるわけにはいかないからね」

「でも、本当に真っ暗じゃないですか。足元も見えなくて、怖いです」

怯える明日香の肩に腕を回し、片手で壁をさぐりながら慎重に奥へ進む。

倉庫の中は、ブラインドの隙間から外の明かりが微かに洩れ入るだけなので、本当に暗かった。部分的にまったく足元が見えないところもある。

だが、室内の配置は熟知している。手前と奥に四列ずつ棚が並び、その中央に広いスペースがあって、品出しや梱包に使う大きな作業台や結束機が置いてある。目指すのはその作業台だ。

空調はすでに止まっているので、室内の空気が澱《よど》んでいる。夏の盛りを過ぎたからまだいいが、長時間いると汗が噴き出しそうだ。

正彰は四列目の棚まで進むと、真っ暗な闇を選んでふいに立ち止まった。明日香は何事かと思ったらしく、喉が引き攣るような声を洩らして固まった。

抱きしめてそのくちびるを奪い、にゅっと舌を差し入れる。抱擁とディープキスで恋人気分にひたっているうちに、硬直した彼女の体からしだいに力が抜けていった。

正彰に応えて舌をからめるようになり、甘い吐息を洩らしたりもする。しっかり抱きしめて、背中からヒップまでやさしく撫でさすると、明日香もおずおずと背中に手を回してきた。暗闇の恐怖心は薄れ、二人しかいない閉ざされた空間で身を任せる雰囲気になってきたらしい。

夜の倉庫で明日香を抱きしめていると、人目をはばかる密会気分が高まって、若い頃のように気持ちまで燃え上がってくる。

背中からバストに手を移して、やんわりと搾り上げる。とたんに吐息が荒くなって、腰がくねりだした。股間の強張りを押しつけて昂りを教えると、しっかり押し返してくる。

経験は浅くても、意外と性に積極的というか、快楽に素直に向き合えるのだろう。これほど性感が鋭い女だから、それも当然かもしれないが、巧くリードすればどんどんのめり込んでいきそうだ。

バストを揉みながら突起をさがし、指先でつんつん弾いてみる。身を捩ってあえぐのをさらに攻め続けると、足腰の力が抜けてしゃがみ込みそうになった。

棚伝いに作業台まで連れていって、ひとまず寄りかからせてから、窓のブラインドを細く開いた。洩れ入る明かりが少し増えて、闇の中から作業台と明日香がぼんやり浮かび上がった。色まではわかりにくい薄明かりなのに、頬を火照らせているように見える。

正彰はズボンを脱いでブリーフ一枚になり、上も肌着以外は脱いでしまった。作業台の縁に尻を当てて、脚を大きく開いた。

「さっきは慌ただしかったけど、ここならじっくりできるからいいね。さあ、やってごらん」

「さっきみたいに？」

黙って頷くと、明日香は脚の間に跪《ひざまず》いた。何を求められているか、ちゃんとわかっている。ブリーフのゴムを下げようとするので、その上からだと言うと、素直に下着の盛り上がりに顔を近づける。くちびると鼻が同時に触れて、下着越しに温かな息がかかった。

「口と鼻を使って愛撫するんだ。ついでに男の匂いをたっぷり嗅げるよ。ちょっと臭いかもしれんが……」

明日香は健気にも、そんなことはない、と言うように首を振った。おかげで竿が転がすように揉まれて心地よかった。

「やめなくていいんだ。そんなふうにされるのが気持ちいいんだから」

「……こういうのが？」

もう一度首を振って、口と鼻を擦りつける。さっきより強めになって、ペットに懐かれているみたいだ。経験は浅くても、本当に理解が早い。頭のいい娘だと感心するが、元々性的な興味は旺盛なのだろう。

両方の手を膝のやや上に添えて、けっして股間に触れようとしないのも、さきほど正彰が口だけを使わせたから、同じことを望んでいると考えたに違いない。

「そうそう、気持ちいいよ……頬ずりしたり、たまにパクッとやったりね。舌を使うのもいいぞ」

言われる通り、さまざまな形で愛撫して、どんどん積極的になる。亀頭から竿、さらにタマへと移ってまた戻り、それにつれてバリエーションも広がっていく。

　これは紗緒里がズボンを脱がせてまず最初にやるパターンで、そっくり明日香に教え込むつもりなのだが、期待した以上に熱心にやってくれる。

「硬くなってきました」

「きみが上手だからだよ」

　律儀な言い方がいかにも明日香らしいが、仕事も性戯も変わらず真面目なところがいい。オフィスで仕事を教えるのと同じ感覚なので、これなら仕事中に彼女を眺めても、淫戯を思い起こさせてくれるに違いない。

「さすがだね、みるみる上達するじゃないか」

　明日香は含羞《がんしゅう》の面持ちで、肉竿に頬ずりをする。ブリーフをちょっと下げると、すぐに意図を察して代わりに脱がせてくれた。

　剝き出しになったペニスは、八分立ちの硬さで明日香を睨んでいる。唾液はもう乾いたが、表面はべとっとしている。それを彼女は、何も言わなくても自分から舌でぺろぺろやりだした。面白くなってきたので、しばらく黙ってやらせてみることにした。

　すると、面談室で教えたことをきちんとマスターしていて、亀頭の裏筋もエラも鈴口も、丁寧に舐めしゃぶってくれる。もちろん、竿もタマも万遍なく這い回る。舌使いは面談室でもかなりスムーズになっていたが、ここへ来て一段と滑らかだ。

ひとしきり舐め回したあとで、ふいに動きを止めた。ちょっと考えてから、上目使いで正彰を見る。

「手を使ってもいいですか」

どんどん慣れてきているので、手を使えなくてやりにくいとは思えないが、どうしたのだろう。とりあえずＯＫすると、右手で竿を握って手触りを確かめ、左の指で亀頭をさすりだした。舌だけでなく、指でも愛撫してみたいという素直な気持ちだったようだ。

「軽く握って、こうやってしごいてくれ」

手を添えてちょっと教えると、あとは一人でできる。握る位置や強弱を変えてみて、そのたびに上目使いで正彰の表情を窺う。気持ちいいタッチにうっとりすると、それをしばらく続けてくれた。

「そうそう。一緒にタマをさすると、もっと気持ちいいね」

「……こんな感じですか」

皺だらけの嚢皮をすりすりしながら、巧みに竿をしごいてくれる。手先もなかなか器用なのだ。意図したのかどうか、タマをさする指の先が肛門に届いて、思わず力が入った。

「巧いね。短時間のうちに、かなり触り慣れた手つきになってきたじゃないか」

「なんだか、いじるのって愉しそう」

声が急に明るく柔らかなトーンになった。

奉仕することに歓びを感じてきたのか、あるいは元々そういう気質なのかもしれない。とにかく熱心にペニスを愛撫する。むしろ正彰の方が、明日香のおかげで奉仕させる愉悦を知ることができたようだ。

だいぶ暑くなってきたので、肌着も脱いでしまった。全裸になるとどうしてもやってみたくて、腰に手を当てて仁王立ちになった。そのポーズで口淫奉仕させたいというのは、潜在的な男の願望なのかもしれない。

しかも、夜の倉庫の薄暗がりで、相手は着衣のままの派遣ＯＬだ。これほど痺れるシチュエーションはない。

「そろそろ、しゃぶってくれ」

明日香はこくんと頷いて、竿を手で持って大きく口を開いた。容易には頬張れなくて、亀頭だけ含むのが精一杯だが、それでも懸命に舌を使おうとする。

敏感な筋やエラの縁を舐め擦っても、さすがに咥えたままでは動きが鈍い。腰を使いたくなるのを我慢していると、明日香が頭を振って口の中でスライドさせた。振れ幅が狭く、ぎこちないのだが、くちびるでエラの縁が擦れて案外心地よかった。

突き動かしたいのを堪えているうちに、肉壺に挿入したくてたまらなくなるが、もっといろいろやらせないともったいない気もする。

新たに思いついたことは、やはり紗緒里の淫らさを明日香にも仕込めないか、ということだった。

3

「この作業台をベッドの代わりにするから、何枚かダンボールを敷いておこう。直接台の上だと痛いからね」

正彰は近くにあった未使用の平たいダンボールを数枚、作業台の上に敷いた。そうすることで、寝ころんでも膝立ちになっても痛さは和らぐはずだ。

「この上に寝るんですか？　なんだか……」

「なんだか、なに？」

「舞台みたいだなって……広いから」

「へえ、そんな見方もあるか」

正彰は妙に感心した。ダブルベッドより広い台の上でセックスするのだから、これが舞台なら、さながらストリップ劇場の生板本番ショーだ。

「スカートは邪魔だから脱いで。邪魔っていうか、よく見えないからね」

ネイビーブルーのスカートを脱がせると、丘を覆う毛叢が目に飛び込んだ。

「上は……まだ脱がなくていい」

普通にシャツを着たまま、下半身だけ裸になった姿は卑猥だった。太腿までのストッキングを着けたままだとよけいにそう感じるので、しばらくそのままにしておくことにした。

台の上に仰向けで横たわると、下腹の太い肉棒が存在感を強くアピールする。明日香を呼んで、その上に跨るように言った。素股でペニスを擦らせて、ついでに騎乗位の腰使いを覚えさせる狙いだ。

「わたしが上ですか……大丈夫かな……こういうの、初めてでドキドキします」

「それはいいね。じっくり教えるから、言われた通りにするんだよ。まあ、すぐ入れるわけじゃないけど」

騎乗位の体勢で跨らせ、秘裂をペニスに押し当てるように言った。すでに肉びらの中まで濡れていて、淫肉がしっとりペニスに貼りついた。

「それで腰を前後に揺すってごらん。チ○ポがよく擦れるように、しっかり当てるんだ」

「こんな感じですか？」

ゆっくり前後に動いて、ペニスを摩擦する。濡れた秘肉は気持ちいいが、体全体を揺する姿は、思ったほどエロチックではなかった。腰だけを振る紗緒里の動きがエロ過ぎるのあって、一朝一夕にはいかない。

「髪をまとめてるの、解いてごらん」

前から一度見てみたかったのだが、こうして騎乗位の体勢になると、やはり髪を揺らすところが見たい。

後ろに手をやって髪を解く間、腰が止まるのは仕方ないことだった。再び動きだすと、ストレートのミディアムヘアを揺らして、にわかに熟女然とした雰囲気を醸した。髪を解くだけで、ずいぶん変わるものだ。

しかも、ぎこちなかった腰の動きも、しだいにスムーズになっていく。やはりシャツを着たままにさせたのは正解で、セクシーな雰囲気が出てきた。

「あっ……ああ……」

動きが速まるにつれ、腰つきもいやらしくなって、明日香の口から甘い声が洩れだした。よく見ると、張り出したエラの部分にクリトリスが当たっている。意図してやっているのではなく、気持ちよくて自然にそうなったのだろう。

「そうやると気持ちいいんだ？」

「……はい。なんだか不思議な感じだけど……いい気持ち……ああっ……」

「その腰つき、いやらしいな。ずいぶん遊んでる女みたいだぞ」

「ああ、そ、そんな……」

明日香は首を振って否定するが、動きはますます淫らになる。亀頭の凸凹を利用してオナニーに耽っているのも同然だった。

「きみはよくオナニーしてるんだろう？」

「いや……そんな恥ずかしいこと……」

「なにが恥ずかしいもんか。女だってオナニーくらいして当然だ」

正彰はペニスをちょっと持ち上げて、クリトリスがよく擦れるようにした。すると、腰使いがさらに露骨になって、正彰も快感がぐんと高まった。

「そろそろチ○ポを入れてほしくなったんじゃないか」

そう言って誘い水を差すのも、正彰自身が挿入したくなったからだ。明日香は腰を振りながら頷いた。自分で入れてみるように言うと、いかにも慣れない手つきで竿を立て、先端を秘裂にあてがった。

ところが、腰を沈めようとすると、角度が悪くてペニスが逸れてしまう。何度かやってみても上手くいかないので、正彰が竿を持ってやるが、それでも駄目だった。腰を落とす角度も悪いのだ。

これではいくらやっても埒《らち》があかない。というより、勃起が弱まってしまいそうで、騎乗位はひとまず諦めるしかなさそうだった。

4

とりあえず体勢を替えてみようと、正彰は起き上がった。ついでに明日香に全部脱ぐように言った。

ブラジャーを外すと、見事な美乳がまろび出た。下側が豊かに膨らんで、乳首がツンと上を向いている。紗緒里とはまた別の魅力に溢れた乳房だ。ストッキングだけは穿いたままにさせた。その方が間違いなくエロチックなのだ。

明日香に仰向けになるように促すと、なぜか躊躇って素直に従わない。

「どうした。なにか不満でも？」

「そういうわけじゃなくて……」

もじもじして、どうもはっきりしない。もう一度尋ねると、俯きかげんに正彰を見て、恥ずかしそうに言う。

「後ろからで、いいですか」

「なんだ、バックがいいのか。それならそれで、さっさと四つん這いになればいいじゃないか。そうか、後ろからやられるのが好みなんだな」

うれしくて、つい口が軽くなる。正常位より背後位を好むなんて、やはり彼女は根っからのMなのだ。

薄暗がりに突き出された白い尻に思わず見惚れて、しみじみ撫で回す。すべすべしてシミひとつない、完璧な美尻だった。

尻朶を開いて亀頭をあてがい、じわじわ押し込んでいく。膣口を割り開く感触に、明日香が戦慄いた。息を吐いて力を抜くように言うと、先端から少しずつめり込んでいく。

ようやく亀頭が通過すると、雁首がぎゅっと締めつけられる。さらに奥へ突き入れるのは容易だった。

「あっ……あぁん……」

明日香はすすり泣くような、甘えるような、何とも官能的な声を洩らす。

しっかり挿入できたところで、正彰は膝を上げて中腰になった。ゆっくり抽送を始め、肉壺の反応を確かめる。

この体勢は紗緒里と二度目に会った時に覚えたもので、突き込む角度を自由に変えられる。大きくエラの張った亀頭が中でぐりぐり動くのが気持ちいいからと、彼女にせがまれたのだ。

明日香も彼女と同じで、円を描くように腰を回すと、ぐいぐい締めてきた。さらに両手で乳房を鷲掴んで、揉みしだく。くにゃっと歪んで、手に貼りついたように戻る、若々しい弾力が五十男の欲望を烈しくそそった。

尖った乳首をくりくり弾くと、連動して肉壺が収縮する。腰をゆっくり回しながらやると、気持ちよく擦れる位置がいろいろ変わって、病みつきになりそうだ。

「ああ、いや……だめ、おかしくなりそう……あぁん……」

あられもなく乱れる姿は、オフィスで仕事中の明日香からは想像もつかないほど淫靡な匂いがする。煽られるように、正彰の腰使いも大きくなった。

Gスポットに狙いをつけて先端で抉り回すと、尻を高く突き上げて、顔はダンボールの上に突っ伏してしまった。

円運動と前後の抽送を交互にやってみるが、やはり円を描く方がいいらしい。試しにしばらくストップすると、自分から尻を横に振りだした。気持ちは丸く動かしたいようだが、巧くできなくてもどかしそうだ。

正彰が力強く再開すると、とたんに身悶えが激しくなった。肉壺もひくひく蠢いて気持ちいい。このまま射精したい欲求が湧き上がるが、やはり騎乗位で明日香に腰を使わせたい。

「もう一度、上に乗ってごらん。このまま入れ替われば大丈夫だから」

挿入したまま仰向けになろうと、明日香の体を起こしてやるが、そういう動作に慣れていないらしい。ペニスが抜けないように注意していると、彼女の中で思わぬ擦れ方になる。

「……そうっと……静かに動いてくだ……あんっ！」

瞬時に快感が高まって、甲高い声が上がる。

「いくら倉庫でも、あまり大きい声を出すとまずいよ」

「す、すみません。でも……ああ……」

　ようやく仰向けになると、次は後ろ向きの彼女を半回転させなければならない。肉壺もかなり熟《こな》れてきたので、いったん抜いても挿入に手間取ることはないと思うが、さっきの反応を見ると、繋がったままやらせたい。

「そのまま、体をこちらに向けてみようか」

「は、はい……でも……」

　脚を持ち上げて向きを変えるように教えると、恐る恐るといった感じで体を捻るが、膣内はかなり敏感になっているらしく、立て続けに蠢動が起きる。念のため抜けないように正彰が腰を迫り上げると、

「ああんっ！」

　悩ましい甘え声を上げて、弓のように体が反った。

「そ、そんな、いじわるしないで」

「いじわるじゃない。抜けそうだったからだよ。ほら、また」

　わざと突き上げると、髪を揺らしていっそう大きく仰け反った。

　それでもどうにか向きを替えることができて、再び騎乗位の体勢になる。

「今度は自分で動くんだよ」

「どうすればいいんですか」

「さっきやってたじゃないか。チ〇ポを擦ったのと同じでかまわないから」

「こうですか……」

動きだしたとたん、明日香は息をあえがせた。一瞬のうちに快感が高まって、あとは体が勝手に動くようだった。クリトリスをペニスで擦ったように、恥骨を圧迫して腰を振る。いやらしい腰つきに戻るのは、あっという間だった。

「あああっ、き、気持ちいい……」

うっとりした声で、素直に快楽を口にする。

亀頭が包むように擦られて、正彰も心地よい浮遊感を味わう。

揺れる乳房に手を伸ばすと、明日香は進んで前屈みになった。鷲摑みにして揉み回すと、両手をついて上体を安定させてくれる。飲み込みの早さは舌を巻くほどだ。おかげで腰だけをくいくい振る動きになって、猥褻感がさらに高まった。

「ちょっと腰を浮かせてごらん」

結合を浅くさせると、腰の動きがぎこちなくなった。抜けそうな感じがして、心もとないのだろう。

だが、中で亀頭が擦れる位置は、いっそう気持ちよくなっているはずで、案の定、すぐに調子が戻って淫らな動きに変わる。

「だめです、これ……気持ちよすぎて、あっ……ああん」

「すごいな、こんなに締まってる。おっ……締まる、締まる」

膣口がきゅっと収縮して、中で妖しい蠢動が間断なく起きている。突き上げたい衝動に駆られるが、これだけいやらしい腰つきを見せられると、ぎりぎりまで彼女に任せたい。

ふいに彼女は、腰で円を描きはじめた。擦れ方が変わって、亀頭のエラがいっそう気持ちよくなる。

「だめだめ、ああん……おかしくなっちゃう！」

動きはさらに大きくなった。結合も深くなったり浅くなったり、だんだん滅茶苦茶になるが、快感は上昇の一途らしい。正彰がクリトリスを擦ってやると、腰が暴れてまた元に戻る。

「最後は自分でイクんだ。好きなだけイッていいぞ」

いよいよアクメと見て、ずんずん突き上げる。明日香は腰の上でバウンドしながら、なおも円を描こうとする。

「ああん、だめだめ……いやぁ……ああぁ……あうっ！」

上体を突っ張らせて固まる明日香をさらに突き続けると、間もなく烈しい快感の波が押し寄せた。下腹の奥で弾けた熱い塊が、勢いよく飛び出して彼女の秘奥を叩いた。

スローモーションで倒れ込んできた明日香の重みを、しっかり受け留める。薄暗がりの倉庫に静寂が戻った。澱んだ空気は熱気をはらんで、快楽の名残をいつまでも留めていた。

5

翌朝、正彰が出社すると、ひと足先に出ていた明日香が歩み寄ってきた。

「お茶入れますけど、よかったら次長の分も一緒に入れましょうか」

「せっかくだけど、自分でやるからいいよ」

近くに部下がいる手前、素っ気なく断ったが、明日香はくちびるに微かな笑みを浮かべて立ち去った。正彰も心地よく胸が騒いでいる。

少し間を置いて給湯室へ行くと、お茶を入れた明日香が待っていた。他に誰もいなくて幸いだが、彼女はこのタイミングを見計らって正彰に声をかけたのかもしれない。

「今日はなにを飲むんだ」

「ダージリンにしました。次長はどれにしますか」

「それじゃ、同じやつにしようかな」

明日香が紅茶の箱に手を伸ばすと、通路の方を注意しながらすかさずスカートを捲って手を入れる。生尻の感触がひんやり気持ちいい。臀裂には細い紐が食い込んでいた。

「言った通りにしてくるとは、感心だね」

「べつに言われなくても、今日からこれにするつもりでしたから」

ほんのり頬を染めて、明日香は少し脚を開く。秘部をさぐると、朝からしっとりしている。

「ちょっと湿ってるね。痴漢に遭った？」

恥ずかしそうに首を振るのは、湿っている理由が他にあるからだ。

昨夜、一緒に帰る時に、Ｔバックショーツで出勤するように言っておいた。ストッキングはいつも太腿までのタイプなので、下着がＴバックなら、いつでも隙を見て秘裂を玩弄できる。場合によっては、素早く挿入することだって可能になりそうだ。

そういう話をしたので、朝から気持ちを昂らせていたに違いない。あるいは、言われなくてもそうしたというのは、本当の話かもしれない。

通路に人が見えたので、正彰は素早くスカートから手を抜いた。出社したばかりの経理の村上だった。

「おはようございます」

挨拶をして給湯室に入ってくる。二人して奥のスペースを譲ると、村上は眠そうな顔でカップを取った。

「何時まで飲んでたの？」

「やっぱりバレますよね。終電前に帰りましたけど」

「会社の方とご一緒だったんですか」

「うん。営業の同期と二人」

村上はドリップパックのコーヒーをカップにセットした。ポットの湯をこぼさないように慎重に注ぐ。

その隙を見て、またスカートに手を入れた。明日香が全身を強張らせ、表情に緊張が走る。村上がコーヒーを入れ終わるまで、秘裂の細い布をいじり続けると、彼女の頬がみるみる赤くなった。

「じゃあ、お先に」

赤面した明日香をそこに残して、部署に戻る。

「どうしたの、顔が赤いけど」

「なんでもありません。大丈夫です」

明日香の慌てる様子を背中に感じて、正彰はほくそ笑んだ。

◎書き下ろし

二見文庫

通勤電車《つうきんでんしゃ》　下着《したぎ》のライン

著者　深草潤一《ふかくさじゅんいち》

発行所　株式会社 二見書房
東京都千代田区三崎町2-18-11
電話 03(3515)2311［営業］
03(3515)2313［編集］
振替 00170-4-2639

印刷　株式会社 堀内印刷所
製本　株式会社 村上製本所

落丁・乱丁本はお取り替えいたします。
定価は、カバーに表示してあります。

ISBN978-4-576-14098-8
http://www.futami.co.jp/

二見文庫の既刊本

人妻痴漢電車

FUKAKUSA,Junichi
深草潤一

大手機械メーカーの部長代理の高瀬は、通勤電車内で自分の股間に誰かの拳が当たっていることに気づく。それが実は女性のものだとわかった瞬間から、高瀬の暴走が始まる。その同じ電車にかつての同級生・村川もたまたま乗り合わせており、ひょんな再会のうえに意気投合した二人は共闘して人妻の体に手を伸ばす……。